# 古惑仔《チンピラ》

馳 星周

角川文庫
15799

# 目次

# 鼬《いたち》

## 1

小霏《シャオフェイ》は恵という名前を使っていた。小霏と呼んでくれといったのは、四度目のベッドの中。金を渡そうと、床に脱ぎ捨てたジーンズを手探りで探しているときだった。

## 2

きっかけを作ったのは阿明《アミン》だ。〈好蘭〉の點心《てんしん》シェフで、なぜだかおれを気にかけてくれた。大陸の人間の中に混じった香港人。加えて、點心のコックはメインの料理を作るコックから蔑《さげす》まれる。大陸の奴らと話すより、日本人のおれを相手にしている方が気楽なのかもしれない。

飲みに行こう、と阿明はいった。給料日の深夜。雨が降っていた。したいことはなにもなかった。だから、うなずいた。

阿明は区役所通りに面した雑居ビルの中のクラブにおれを連れていった。〈魔都〉――目立たない看板だった。店の中には黄色から黒まで、色とりどりの着飾った女たち。売春バー。すぐにわかった。

「阿明、話が違うぞ。おれはただ飲みに行くって……」

「大丈夫、大丈夫。たまには息抜き、しないとね。そうだろう、武《ウー》」

下手くそな日本語。おれの名前だけ、北京語で発音された。

「だけど、金、たいして持ってきてねえよ」

「三万円よ。安いね。足りなかったら、わたし、貸すよ」

それ以上、いうことはなかった。ボックス席に腰を落ち着けて、ブランディの水割りを飲んだ。カラオケを歌った。おれは日本の歌。阿明は香港の歌。横に座る女たちの顔ぶれが次々に変わった。小霏はその中の一人だった。

ほとんどの女たちは日本語が下手だった。阿明の通訳を通してのやり取り――うんざりだった。そこに来たのが小霏だった。

「わたし、恵、いいます。あなたは？」

いちいち聞き返さなくてもすむ日本語におれはほっとした。

「武といいます」

〈好蘭〉の同僚から習った北京語の自己紹介。小霏は目を丸くした。

「あなた、中国語、できますか？」

「できないよ。友達にちょっと教えてもらっただけさ」

「武、もうひとつ教えたね。使うといい」

阿明がいった。

「あなたの名前は？」

北京語でいった。途端に、小霏の顔が真っ赤に染まった。おれたちの周りにいた女たちが大声で笑いはじめた。

後で阿明が種明かしをしてくれた。おれが教えてもらった北京語は「おまんこさせろ」という意味だったのだ。

## 3

その夜、おれは小霏とおまんこをした。おれが北京語でいってしまったことが現実になった。おまんこのあとは話をした。なにを話したのかは覚えていない。小霏の日本語。それを聞いているのが心地好《よ》かった。

寝ているとき以外、おれは北京語に囲まれていた。昼間は〈好蘭〉のコックたちががなりたてる北京語に、くたくたになって帰る大久保の安アパートじゃ、薄い壁を通して北京語がなにかの呪詛《じゅそ》のように響いてくる。

おれは日本で生まれ、日本で育った。親父もおふくろも日本人だ。おれのいる場所はつまり、日本であるはずだった。だが、違う。どこをどう間違ったのか、おれは気がつくと北京語が日本語よりも幅をきかせている場所にいた。そこは中国だった。だれもが中国人のやり方でものを考え、中国人の行動様式に沿って行動する。

おれはのべつまくなし聞こえてくる北京語にくたびれていた。中国人たちのやり方にくたびれきっていた。

次の給料日、おれは〈魔都〉に行った。今度はひとりでだ。小霏を横に侍《はべ》らせ、水割りを飲み、カラオケを歌った。適当なところで小霏を連れ出し、大久保のしけたホテルで小霏と寝た。

おまんこが終わった後、おれたちはまた話をした。小霏は上海の近くの農村出身だった。あるとき、小霏より三つ年上の村の女が姿を消した。三年後、その女は戻ってきた。村に豪邸を建てて、まだ有り余る金を持って。

女は日本で金を稼いできたのだ、といった。それで小霏も日本に来た。女から聞かされたルートをたどって。

「売春させられるなんて、全然聞いてなかったよ」

寂しそうに小霏は笑う。

「逃げればいいじゃないか」

「だめ、借金があるよ。日本に来るとき、わたし、悪い人からお金借りた。わたしが逃げると、お父さんとお母さんが困る」

親父とおふくろ。思わず笑いそうになった。

「武のお父さんとお母さん、なにしてる?」

「知らない」

「どうして? 死んだか?」

「生きてるよ」

人を殴ることしか知らない親父、ヒステリックにわめくばかりのおふくろ、薬漬けのあにき——家族なんかうんざりだった。それでも、小霏は執拗《しつよう》におれの家族のことを聞いてきた。おれの生い立ちのことを聞いてきた。

三度目の夜、四度目の夜、おれは話した。少しずつ、小霏の執拗さにほだされるようにして。

おれの家族は歪《ゆが》んでいた。おれは親父に殴られた記憶しかなかった。喚《わめ》くおふくろの姿しか思い出せなかった。歳の離れたあにきが、どんなふうにおれをいたぶって、おれの心を傷つけたか、克明に覚えていた。

それでも小霏に話すうちに、おれはいろんなことを思い出した。おれの記憶にある初めての家族旅行——伊豆《いず》の温泉。おれははしゃぎすぎて、夜、熱を出した。運動会のために作ってくれたおふくろのお握りの味。おれをいじめる近所の悪ガキを、あにきがぶちのめしてくれたこともあった。

おれにも——おれの家族にも幸せな想い出はあった。ただ、あまりに過酷な現実が、おれからその想い出を奪っていたのだ。

おれの後頭部には縦五センチほどの傷がある。中学二年の時だ。おれはダチとゲーセンの新しいゲームに夢中になっていた。気がついたときは晩飯の時間をとっくに過ぎていた。親父は時間にうるさかった。なんにでもうるさかったのだが、特に時間にはうるさかった。晩飯の時間に遅れたとなると、なにをされるかわかったもんじゃなかった。

だからおれは、恐る恐る家の玄関をあけた。目に飛び込んできたのは腕を組んで仁王だちしている親父。親父はひとことも口を利かずにおれの髪の毛を鷲《わし》づかみにした。そして、靴箱の上の水槽におれの頭を叩《たた》きつけた。

ショックと痛み――おれは玄関にうずくまったまま動くことができなかった。親父はこういった。

「今度晩飯に遅れたら、こんなもんじゃすまんぞ、馬鹿息子が」

そして、居間に戻っていった。おふくろのヒステリックな悲鳴が聞こえた。うるさいだけだった。いつの間にか、あにきが玄関にいて靴を履いていた。あにきは、犬の糞《くそ》でも見るような目つきをおれに向けて、無言のまま家を出ていった。

そういうのがおれの家庭の日常だった。

「可哀想、武」

小霏はそういって、おれの頭の傷をなでた。割れた水槽のガラスでできた傷だ。そして、金を出すためにジーンズを手探りで探していたおれにこういった。

「武、わたし、本当は小霏《シャオフェイ》っていうよ。これからは、二人でいるときは、小霏って呼ぶ。いい？」

その言葉を聞いて、おれは泣いてしまった。

# 4

日曜の深夜一時。さすがの歌舞伎町も人けは少なかった。給料日前。懐は寒いというより凍りついていた。身体《からだ》にこびりついた油の匂い。皿洗いでふやけた指先。このまま部屋に帰るにはあまりに惨めだった。

〈魔都〉が入った雑居ビル。おれは歩道に立ち止まって見上げていた。

ときおり、そんなふうにすることがあった。ビルの入口を見張って、小霏が出てくるのを待つ。たいてい、小霏は男と一緒に出てきた。顔ぶれはいつも違う。酒と欲情にだらしなく弛緩《しかん》した顔を持つ男たち。ほとんどが日本人だ。おれは小霏と男の跡を尾《つ》ける。小霏たちはホテルにしけこむ。月に一度、おれと小霏がそうするように。

ホテル街の路地で、おれはコロンビア人の立ちんぼの執拗な誘いを無視して立ち尽くす。心の中に湧き起こる憤怒と殺意を持て余す。そして、ため息をついて、その場を立ち去る。

おれにできることはなにもない。それはよくわかっている。小霏たちが消えたホテルを睨《にら》みながら、家族というものについて考えたことはある。おれと小霏の家族。子供はふたり。男の子と女の子だ。おれは決して子供を怒らない。小霏もヒステリックに喚いたりはしない。兄妹はいつも一緒にいる。お互いを信頼しあって。笑いの絶えない家庭。離れ離れになることなど決してない家族——馬鹿げた妄想だということはわかっていた。それでも、おれは妄想することをやめられなかった。

小霏が出てきた。遊び人ふうの男が一緒だった。小霏は薄いブルーのタイトスーツ。清《せい》楚《そ》な感じがよく似合っていた。

いつものように跡を尾けた。

遊び人の手が、小霏の尻《しり》を執拗に撫《な》でていた。小霏は腰を捻《ひね》ってかわそうとする。だが、遊び人には通じなかった。身体の内側を焼き尽くすような嫉《しっ》妬《と》と殺意——ぐっと飲み込んで、おれは歩いた。

いつものホテルに二人は消えた。おれはいつもの場所——ホテルの玄関を見張ることのできる路地に腰を落ち着けた。電信柱にもたれ、近くの自販機で買ってきた缶コーヒーをすする。煙草を吸う。顔馴染《かおなじ》みになったコロンビア人の立ちんぼが話しかけてくる。スペイン語はわからない。適当に相槌《あいづち》を打つ。

ふたりがホテルに消えて三十分。おれは煙草を中身を飲み干した空き缶に放り込んだ。そろそろ立ち去る時間だった。

その時、遊び人がホテルを飛び出してきた。羽織っただけのシャツが風にはためいていた。遊び人は後ろを振り返りもせずに、大久保の方へ走り去っていった。

凶々《まがまが》しい予感が全身を駆け抜けた。最初に浮かんだのはやり逃げという言葉だった。やることだけやって、遊び人は金を払わずに逃げてきたのだ、と。次に浮かんだのは残酷なイメージだ。おまんこに薄汚れたちんぽを突っ込まれながら首を絞められる小霏。

おれは駆け出していた。ホテルに飛び込み、フロントの婆あを問い詰めた。

「おい、今出ていった男、金を払ったか!?」

「なんだい、あんた?」

「金を払ったのかって聞いてるんだよ」

「連れが払うってさ」

「部屋はどこだ?」

婆あはいい渋った。おれは婆あの首を絞めた。

「教えねえと、ぶち殺すぞ。部屋に残ってるのは、おれの女なんだよ!」

婆あは口を割った。おれと小霏がいつも使う部屋。走った。ドアを叩いて大声で叫んだ。

「小霏、小霏！　いるのか？　いるんだったら開けてくれ」

どれぐらい叫んでいたのかはわからない。いきなりドアが開いた。驚愕《きょうがく》に口を開けた小霏の顔がそこにあった。

「武、どうした？」

「小霏、怪我は？　あいつに、なにもされなかったか？」

おれは小霏の身体を上から下まで見回した。バスローブにくるまれた身体——なんの異変も感じられなかった。

「あいつ……武、どうしてわたしがここにいる、知ってる？」

「それは……」

「武、わたしを追いかけてたか？　どうしてそんなことする？」

「そういうわけじゃないんだ、小霏。たまたま通りかかって」

「嘘つき。武、そんな人だと思わなかったよ」

「小霏……」

廊下の方で足音が聞こえた。何人かの人間が走っている。小霏の顔色が変わった。

「武、逃げて。ここにいるとだめ」

小霏のいっていることがよくわからなかった。

「なんで……」

最後までいえなかった。なにかに背中を突き飛ばされて、おれは床に転がった。

わけのわからない怒声が聞こえた。髪の毛を引っ張られた。血走った男の目。頬を殴られた。視界が揺れた。小霏がなにかを叫んでいた。男がそれに応じた——やっとわかった。男も小霏も北京語で怒鳴っている。

男が手を振りあげた。小霏の顔が哀しそうに歪《ゆが》んだ。殴られることになれている人間の顔——よく知っている。親父に殴られるときのおふくろの顔だ。あにきの顔だ。そして、おれの顔だ。

肉が肉を撲《う》つ湿った音。小霏が頬を押さえていた。おれは男の足にしがみついた。男が吠《ほ》えた。目の前でなにかが爆発した。白光。痺《しび》れ。痛み。おれは身体を丸めて、ただひたすらに耐えた。

「武、逃げて。早く」

小霏の声がいつから聞こえていたのかはわからない。目を開けると、小霏が男にしがみついて叫んでいた。

「小霏!」

「逃げるよ、馬鹿!」

そんなことはできない。そう思った。だが、小霏を振りほどこうとしている男の顔を見て、そんな考えは吹き飛んだ。

狂犬——牙《きば》を剝《む》き、涎《よだれ》を垂らして唸《うな》っている。

「武、早く！　あなた、殺されるよ」

その言葉が引き金になった。おれは小霏を見捨てて逃げ出した。

5

一睡もできなかった。痛みと自己嫌悪が一晩中おれを苛《さいな》んだ。

朝になると、おれの顔は見事に腫《は》れあがった。鏡を覗《のぞ》きこむ。腫れと内出血——まるで化け物だ。だが、自分のそんな顔をおれは見慣れていた。おれの親父は息子を殴るときにも容赦なんかしなかった。腫れあがった顔で学校へ行くと、おれは決まってホラを吹いた——喧嘩《けんか》したんだ。一対三でよ、ボコボコにされちまった。かっこ悪いよな。おれのホラを聞いて、ダチは困ったような顔をする。みんな知っていた。おれが親父に殴られていることを。惨めな生活を覆い隠すための惨めな芝居。ダチの困ったような表情を見ると、おれはいつも抑えきれない殺意を抱いた。だれに対しての殺意かはわからなかったが。

冷たい水で顔を洗って店に出た。同僚の中国人はしつこく顔が腫れた理由を聞いてきた。喧嘩したんだ——おれは答えた。昔ほど惨めな気持ちはしなかった。中国人たちはおれの親父のことを知らない。

ランチタイムが終わった後の休憩時間。おれは阿明を喫茶店に誘った。まずいコーヒーをすすりながら、昨夜のことを話した。そして、いった。

「なあ、阿明。おれを殴った男に心当たりはないか？」

「知らないよ」

迷惑そうな顔――嘘だった。

「教えてくれよ、阿明。おまえに迷惑はかけないから」

「わたし、知らない。でも、そいつ流氓《リウマン》よ」

流氓。何度も聞いたことのある北京語だ。歌舞伎町のどこかで殺人や強盗があるたびに、店の中国人たちの口からその単語が漏れてくる。流氓――北京語でやくざやチンピラを意味する言葉だ。

「阿明、そいつの名前知ってるんだろう？　教えろよ」

「知らないよ、武。本当だよ」

「教えないなら、おまえが仕入れの金をごまかしてること、店長にチクるぞ」

阿明の顔色が変わった。

「それ、ないよ、武」

阿明は點心《てんしん》に使う材料の仕入れを全面的に任されている。そんな立場にいればだれだってやることだが、出入りの業者と話をつけて帳簿につける金と実際に業者に払う金をごまかしている。

「教えてくれよ、阿明。絶対迷惑はかけない」

阿明は吸っていた煙草を乱暴にもみ消した。

「武、その流氓に仕返しするつもりか？　だめよ。相手、流氓。わかるか？　やられるよ。下手をすると殺される」

そんなことは聞くまでもなかった。おれはただ、知りたかったのだ。親父を思い出させた男の名前を。小霏を殴る男が何者なのかを。

男の名前は袁力《ユエンリー》。上海マフィアの一員だ。小霏のような女を何人も抱えている。大陸から女を騙《だま》して連れてくる。売春をさせる。好きなときに自分の相手をさせる――下衆《げす》野郎。仲間内からも嫌われている。それでも、だれも袁力に手を出さない。袁力は金を稼ぐ。日本のやくざも中国の流氓も、幹部連中は金を運んでくるやつには甘い。袁力は幹部に可愛がられている。

阿明が話してくれたのはそんなところだ。話し終わった後で、阿明は、事故にあったと思って忘れろ、といった。おれは、そうする、と答えた。

だいたいのことはわかった。遊び人にやり逃げされた小霏が袁力に電話をかけた。そこに間抜け面をさげておれが駆けつけたのだ。部屋に踏み込んだ袁力は、おれを小霏の客だと勘違いした。

そういうことなのだ。

## 6

〈魔都〉が入ったビルの前——昨日と同じようにおれは突っ立っていた。なにをしたいのか、なにをしようとしているのか。自分でもわからなかった。ただ突っ立っていた。

小霏がビルから出てきた。ひとりだった。遠目にも、顔が無惨に腫れているのがわかった。強い磁力を感じた。のろのろと進むタクシーの間を縫って、おれは道路を渡った。

小霏はうつむいて歩いていた。その肘《ひじ》を摑《つか》んだ。

「小霏」

「武……」

小霏は驚いておれを見た。それから、慌てて顔を覆った。

「昨日は……」

それ以上言葉が出てこなかった。

「武、もう、会わないのがいいよ」

「どうして？　あの男に殴られるからか？」

意地の悪い質問——小霏が顔を背けた。

「そうじゃないよ。わたし、殴られるの、大丈夫」

そんなはずがなかった。暴力をふるわれる側の痛みを、おれは嫌というほど知っていた。

「殺してやるよ」

自分でいって驚いた。

「殺す？　だれ、殺すか？」

「あの男さ。袁力っていうんだってな」

「馬鹿なこと、いわないよ、武。あの人、流氓。武、殺される」

頭の悪いガキに教え諭すような口調だった。頭蓋《ずがい》骨の奥、なにかが砕けたような音が聞こえた。

「やってみなけりゃわからないさ。なぁ、小霏、おれがあいつを殺《や》ったら、一緒に逃げてくれるか？」

小霏は首を振った。

「なんでだよ？　この街にいたって、おまえ、流氓に食い物にされるだけじゃないか。おれが働くよ。一生懸命汗かいてさ。贅沢《ぜいたく》はできないけど、なんとかなる。なぁ、小霏、こんな仕事やめて、おれと暮らそうぜ」

言葉は滑らかに口をついて出た。ほんのさっきまでは考えもしなかった言葉。その言葉につられるように、狭っ苦しい部屋が脳裏に浮かんだ。おれと小霏の部屋。狭いが、温かい。貧しいが惨めではない。家庭を持つのだ。おれの家とは違って、愛情に溢《あふ》れた温かい家庭を――。

小霏はじっとおれを見ていた。憐《あわ》れむような視線――おれは現実に引き戻された。

「なんだよ？　なにかいいたいのか？」

「武に名前教えたの、悪かった」

「どういうことだよ。おれは嬉《うれ》しかったぜ。恵なんてふざけた名前じゃなくて、小霏って、ちゃんとおまえを呼べるんだ」

「もう、武とは会わない。お店に来ても、わたし、いない」

小霏はおれに背中を向けた。追いかけようとしたが、足が動かなかった。勝手な思い込み――拒否された。恥ずかしさに悲鳴をあげそうになった。

「できねえと思ってるんだろ!?」悲鳴をあげる代わりに叫んだ。「あいつを殺す度胸なんか、おれにはないってか!?　ばっか野郎。殺ってやるぞ。殺ってやるからな。待ってろよ、小霏！」

小霏は振り返らなかった。傍らを通りすぎる酔っ払いたちが、迷惑そうにおれを睨《にら》んでいった。

## 7

次の日は店を休んだ。歌舞伎町と大久保を歩き回った。袁力を見つけたのは昼過ぎだった。職安通り沿いの喫茶店。ガラス越しに、横に女を侍《はべ》らせ、貧相な男ふたりを前にしてなにやら深刻な顔で話し込んでいた。

三十分ほどして袁力は店を出た。おれは跡を尾《つ》けた。サングラスに毛糸の帽子。お笑いぐさだが、袁力に殴られたときの恐怖をまだ覚えていた。

袁力と女は薄汚いマンションの中に消えた。女の部屋があるのか、それとも袁力の部屋があるのか――郵便受けを確かめた。わからなかった。袁力は一時間ほどで出てきた。さっぱりした顔。かすかに濡《ぬ》れた髪の毛。女と一発やってシャワーを浴びた。そんなところだ。

袁力は胡散臭《うさんくさ》い男たちと会い、女たちを脅してまわった。男たちは怒鳴りつけ、女たちには暴力をちらつかせる。それが袁力のやり方だった。

散々尾け回して——うんざりした。日本語は一言だって聞こえちゃこなかった。おれは尾行を適当に切り上げた。女と消えたマンション。そこで待っていればいつか袁力は現れる。それだけわかれば充分だった。他にもしなきゃならないことがあった。

銃。手に入れるあてはついていた。


「二十万」

いわれたとおり、懐から金を抜きだした。おれの一ヵ月分の給料。惜しくはなかった。

「でも、これ、なんに使う。武？」

夏良《シアリアン》が上目遣いに訊《き》いてきた。夏良は歌舞伎町にある北京レストランのコックだ。おれの店のコックたちの宴会に何度か顔を見せたことがある。その時、阿明が教えてくれた。もし銃が欲しくなれば夏良にいえばいい、と。

「その顔のせいか？」

「おまえには関係ないだろう。ほら、金だ。銃をよこせよ」

夏良は金をひったくって数えはじめた。ガキどものくだらない嬌声《きょうせい》で賑《にぎ》わうハンバーガー屋。金に注意を払うやつはいない。

「ちょうどあるね」

「銃はどこだ？」

「こんなとこで渡せない。警察、恐いね」

夏良はストローをくわえてコーラの残りを飲み干した。それから、ついてこいと顎《あご》をしゃくった。

連れていかれたのは、職安通りに程近い路地裏だった。路地の角にコインロッカーがあった。夏良が周囲を用心深く見渡した。それから、ジーンズのポケットに手を入れ、小さな鍵《かぎ》を取り出した。

「おい、まさかこんなとこに？」

「そうよ。みんなコインロッカー使うね。このロッカーにはトルエン、いっぱい入ってるよ」

夏良は奥を指し示しながら、ロッカーを開けた。紙袋に包まれた塊。受け取った——ずしりと重かった。

「弾丸は九発。使い方、わかるか？」

うなずいた。映画でよく見たシーンが頭に浮かんだ。弾倉を差しこむ。スライドを引いて弾丸を薬室に送り込む。あとは引き金を引くだけでいいはずだ。

「わたしから買ったこと、他の日本人にしゃべっちゃだめよ。そんなことしたら、武、たいへんな目に遭うよ」

夏良がいった。こすっからい鼠《ねずみ》のような目だった。

## 8

深夜——昨日と同じ場所。小霏が出てくるのを待っていた。顔が腫《は》れた小霏につく客はいない。いれば変態だ。つまり、小霏はそんなに遅くならないうちに店を出る。思ったとおりだった。顔を隠すようにして小霏が出てきた。

「小霏」

声をかけた。振り向いた小霏の顔がうんざりしたように崩れた。

「武、もう会わないっていったよ」

「ちょっとだけ、話を聞いてくれよ」

おれは小霏の腕を引いて歌舞伎町を突っ切った。大久保公園。暗がりにあるベンチ。そこに腰かけて、小霏に銃を見せた。

「見ろよ、これ」

おれの手の中で銃がきらりと光った。

「武……これ、どうしたの？　なんに使う」

「昨日、いっただろう。これであの男を殺してやるのさ」

「武——」

小霏の目——右の瞼《まぶた》が腫れていた。大きく見開かれる。おれは小霏の言葉を遮った。

「昨日いったことは、本気だぜ、小霏。一緒に暮らそう。こんな街おん出てよ。おまえを泣かせたりはしない。おまえを殴ったりはしない。約束する。だから……」

「お金、どうする？」

小霏がいった。目は銃をじっと見つめていた。

「おれが、働く」

「足りないね」

「え？」

「わたし、お金稼ぎに日本に来たよ。お金が欲しくて売春してるよ。そうじゃなかったら、こんなことしないよ。武、わかる？」

わからなかった。

「武と逃げて貧乏な暮らししたら、これまでのわたし、なに？　わたし、好きで売春してるわけじゃないよ。お金が欲しいよ。お金稼いで、中国帰って、パパとママに楽させたい。日本のこと、忘れて暮らしたい。武、その銃で強盗してくれるか？　わたしのためにお金、稼いでくれるか？」

想像してみた。銃片手に強盗をしている自分の姿——うまくいかなかった。できそうにもなかった。

「武と逃げたら、わたし、ずっと惨めね。でも、お金あれば、惨めじゃなくなる」

「小霏……」

「わたし、恵、いいます。小霏、違う人」

小霏は立ち上がった。冷えた目でおれを見下ろした。

「わたし、貧乏な人、嫌い。日本人はもっと嫌い。だから、武は最悪」

おれはなにもいえなかった。去っていく小霏の背中をただ見つめていた。

# 9

待っていた。口の中、くそったれと呪詛《じゅそ》を呟《つぶや》きながら。ときどき襲ってくる足の震えを寒さのせいにしながら。

大久保の路地。衰力と女が消えたマンションの側。仕事を終えた足でここに来るようになって、もう、三日目だ。

待つことがこんなに辛《つら》いとは思わなかった。無為の時間。緊張と弛緩《しかん》が交互に訪れる。なにかを考えて時間を潰《つぶ》そうとした——考えるべきことなんてなにもなかった。そんなときに頭に浮かぶのはいつも同じ言葉だ。

——貧乏な人は嫌い。日本人はもっと嫌い。だから、武は最悪。

そういい放った小霏を怨《うら》む気持ちにはなれなかった。おれは最悪の人間なのだ。ずっと昔からそうだった。

力のない人間は徹底的にいたぶられる。親父がおふくろやあにきやおれを殴ったのは、おれたちに力がないからだった。あにきが高校を卒業した春、おれはそのことを実感した。あにきが親父を怒らせた——原因は忘れてしまった。親父はいつものように手を振り上げた。その手をあにきは押さえて、囁《ささや》くような声で宣言したのだ。

「もう二度とおれを殴ったりするな。殺すぞ」

それはあにきが親父以上の力をえた瞬間だった。いまでもその時の親父の顔を覚えている。親父は傷つけられたとでもいいたげな表情を顔に張りつかせて、振り上げた手を力なくおろした。その日以来、親父はだれも殴らなくなった。すっかり年老いて、それまでの覇気をなくしてしまった。

力をなくした親父は、あにきとおふくろにいいようにいたぶられた。大抵は言葉で——ときにはあにきの暴力で。おれはなにもできなかった。恨みを晴らしてやろう。何度も思った。だが、なにもできなかった。年老いた親父を軽蔑《けいべつ》しながら、おれは同時に寂しさも感じていた。

「おまえはあのクソ親父に負け犬根性を植え付けられちまったんだよ。最悪だな」

ある日、あにきがいった。小霏は正しい。おれは最悪の人間なのだ。

誰かが側を通り過ぎる足音で我に返った。

袁力——ゆっくりとした足取りでマンションの中へ消えようとしていた。おれは慌てて銃を握った。遅かった。マンションの入口にたどり着いたときには、エレヴェータのドアが閉まっていた。

## 10

待った。今度はくだらない考えが頭をよぎることもなかった。マンションの中に袁力はいる。いつか、出てくる。革ジャンのポケットに突っ込んだ銃。グリップを握り締めたまま、待った。

そのうち、なにかがおかしいことに気づいた。人がいる。この三日の間、この時間にこの路地を通る人間は数えるほどしかいなかった。それが六人。みんな手に長い棒のようなものを持って袁力が消えたマンションを取り囲むようにしている。そのうちの一人は携帯電話を使っていた。中国語が風にのって耳に届いた。北京語じゃなかった。だが、話しぶりでわかった。

流氓《リウマン》。

顔が強張《こわば》った。こいつらの狙いは袁力だ。逃げようと思った——足が地面に張りついたように動かなかった。

流氓のひとりがおれに気づいた。聞いたことのない中国語。ポケットの中、握り締めた銃。汗で滑った。

流氓の言葉が変わった。北京語だった。なんとなく意味はわかった。邪魔だ——そういっている。だが、おれは動けなかった。

流氓の顔に苛立《いらだ》ちが浮かんだ。心臓が喉《のど》を迫《せ》りあがってくる。

その時、だれかが叫んだ。マンションから袁力が出てくるところだった。流氓たちが袁力に襲いかかった。

気づいた袁力が背中を向けた。先頭にいた流氓が棒のようなものをその背中に叩《たた》きつけた。袁力が前につんのめった。

悲鳴——聞こえなかった。自分の鼓動しか聞こえなかった。足の震えが身体《からだ》全体に広がっていた。

流氓たちが袁力を取り囲んだ。次々に棒が振りおろされた。棒——違った。青龍刀だった。何かの映画で見た事がある。流氓たちはそいつで袁力を切り刻んでいた。

どれだけの時間が過ぎたのか。気がつくと、おれを追い払おうとした流氓がこっちを睨《にら》んでいた。

目撃者——唐突にそんな言葉が頭に浮かんだ。目撃者は消される。ヤバい、ヤバい!!

流氓が近づいてきた。ポケットから銃を出した。叫びながら引き金を引いた。手の中で爆発が起こった。流氓が慌てて身体を伏せた。なにも聞こえなかった。

おれは踵《きびす》を返して走りはじめた。

## 11

どこをどう走ったのかは覚えていない。走り疲れて倒れこんだのは街灯もない薄暗い路地だった。アスファルトが濡《ぬ》れて、汚臭が漂っていた。すぐ側にゴミの集積所があった。きつく握り締めていた銃をポケットに突っ込んだ。何度も唾《つば》を飲みこみながら膝《ひざ》を抱えた。

すぐ近くから酔っ払いたちの下品な笑い声が聞こえてきた。聴覚が戻っている。おれは耳をすませた。日本語がこれほど懐かしく感じられたことはなかった。この薄汚れた路地も歌舞伎町の一部だった。どこからか日本語が聞こえてくる──中国人は近くにはいない。

ほっとすると同時に涙が零《こぼ》れてきた。

なにもできなかった。

おれは本気で袁力を殺すつもりだった。もう、小罪のことはどうでもよかった。ただ親父を思い起こさせた袁力を殺してみたかった。そうすれば、なにかが変わるのかもしれない。おれは本気でそう思っていた。

それなのになにもできなかった。流氓たちの狂暴な姿に恐れをなした。銃を持っているというのに、おれは動くこともできなかった。

負け犬根性——あにきの言葉がよみがえった。

武は最悪——小霏の言葉がよみがえった。

涙は涸《か》れることなく溢《あふ》れてきた。汚臭のする路地で膝を抱え、おれはただ泣いていた。

ゴミ捨て場の方で音がした。最初は鼠だと思った。生ゴミを餌にするドブ鼠。歌舞伎町には多い。だが、その鼠は異様に身体が大きかった。

目を凝らして——目を疑った。

そいつは鼬《いたち》だった。細長い胴体に美しい毛並み。間違いはない。鼬だ。

生ゴミを漁《あさ》り、顔を上げて辺りをキョロキョロとうかがう。鼬はその動作を繰り返した。ときどき、闇の中でもきらりと輝く瞳《ひとみ》がおれに向けられた。だが、鼬はおれを気にする素振りも見せなかった。

歌舞伎町のこんな路地に鼬がいる——だれかに聞いたら笑い飛ばしたことだろう。だが、おれの目の前に、鼬は確かにいる。野生動物の慎重さと、おれという人間の存在を意に介さない太々《ふてぶて》しさを備え持って、鼬は神々しいまでに美しかった。

おれは飽きることなく鼬の晩餐《ばんさん》を見守っていた。小霏のことも袁力のことも流氓たちのことも忘れ去った。

鼬は恐らくだれかのペットだったのだ。テレビで見た事がある。フェレットとかいう鼬の一種をペットにすることが若い女の間で流行《はや》っているのだ。歌舞伎町の近くに暮らす水商売の女が飼っていたペット。逃げ出したのか捨てられたのか。いずれにせよ、鼬は生きていた。

鼬の動作に変化がおきた。牙を剝き、全身の毛を逆立てる。野良猫がゴミ捨て場に近づいてきていた。鼬は猫を威嚇していた。猫が細い声で鳴いた。その瞬間、鼬が飛んだ。猫の悲鳴。勝負は呆気《あっけ》なく終わった。鼬は興奮したままゴミ捨て場に戻った。鼬はこの路地の支配者のようだった。

強いものは美しい。鼬は本当に綺麗《きれい》だった。親父も、あの袁力も美しくはなかった。薄汚いクズのような存在だ。どう逆立ちしたって、鼬のようにはなれない。当然だ、やつらの強さなどたかがしれている。どんな人間も、おれの目の前にいる鼬の圧倒的な美しさの前では色あせる。

そしておれ――親父や袁力よりも醜いおれ。

――武は最悪。

小霏の言葉がよみがえる。笑いたくなった。

頭の中、小霏に語りかける。

そうさ、小霏、おれは最悪の人間だ。度胸もない。知恵もない。金もない。負け犬根性が身体の芯《しん》まで染みついている。だけどな、小霏、そんな最悪の人間でも、最高に美しいものを破壊することはできるんだぜ。

ゆっくり手を動かした。鼬はまだ興奮している。脅かして逃げられるわけにはいかない。ポケットの中から銃を引っ張りだす。セイフティを外して、狙いをつけた。

鼬がこっちを見つめた。不思議なものを見るように小首を傾《かし》げていた。綺麗な目。おれが持ったことのない目だった。

その目をめがけて、おれは引き金を引いた。

# 古惑仔《チンピラ》

冷んやりとした風が家健《ガーキン》の頰を撫《な》でた。背中にへばりついたシャツが小さくはためいた。

「綺麗ね」眼下を見下ろしていた里美がため息をもらした。「まるで宝石みたい」

家健は里美の視線を追った。ヴィクトリアピークから見下ろす香港。家健は眉《まゆ》をしかめて唾《つば》を吐いた。

「宝石ったって紛《まが》い物の宝石じゃねえか」

広東語の呟《つぶや》きは、里美の耳には届かなかった。家健は里美の後ろ姿を盗み見た。うなじにうっすらと汗をかいている。薄いブルゥのワンピースが汗で肌に張りついている——ブラジャーが浮きあがって見える。スカートから伸びる足は、香港の女のそれより肉が張りつめていて艶《なま》めかしい。

「あなたたちはいいわね。好きなときにこの景色を見に来られるんだもの」

ピンクのルージュを引いた唇から漏れる下手くそな英語。家健はため息を漏らした。

「大陸から来た田舎者以外、こんなところにわざわざ登りに来る香港人はいませんよ」

家健の横を通り過ぎようとしたフィリピン女が驚いたように足を止めた。

「なに見てやがる?」

家健は広東語で怒鳴った。フィリピン女が顔を背けて逃げるように去っていった。舌を鳴らして視線を前に戻した。里美が家健を見ていた。

「言葉って面白いわね。英語だけ聞いてると、あなた、紳士なのに、広東語を話すとチンピラみたい。広東語って荒々しいわ。日本の関西弁みたい。あなた、関西弁、知ってる?」

「やくざが使う言葉ですか?」

里美が笑った。家健の目尻《めじり》がひくひくと痙攣《けいれん》した。

「あなた、本当に英語がうまいわ。どこで覚えたの?」

「十八までオーストラリアで暮らしてましたから」

「そう。オーストラリアもいいところよね」

「そうですね」

家健は里美から目をそらした。パンツのポケットに両手を突っ込み、苛立《いらだ》たしげに肩をゆすった。

「ご両親は香港の人なのね? 移民したの? どうして香港に戻って来たの?」

「向こうじゃ食えないからですよ」

家健は煙草をくわえた。里美が眉をしかめた。

「まだ見ていきますか？」

里美が腕時計に目を落とした。

「パパと八時に約束してるの。時間、大丈夫かしら？」

「そろそろ降りた方がいいですよ」

「じゃあ、そうしましょう」里美は家健に背中を向けて歩きだした。「帰りもトラムでしょう？」

「車は下に置いたままですから」

家健は目を細めて里美の背中を睨《にら》んだ。

「煙草はその辺に投げ棄てないで、きちんと灰皿に捨てるのよ」

風にのって、里美の声が流れてきた。家健の頬が強張《こわば》った。

「やくざの娘のくせに気取りやがって。てめえでおまんこしてくたばりやがれ」

家健は吐き捨てるようにいって、もう一度里美の後ろ姿を睨みつけた。

†

「ついてねえ。まったくついてねえぜ」

家健は短くなった煙草を灰皿に押しつけた。

「そういうなって。なかなかいい女だって話じゃねえか。うまくおつとめすればよ、美味《おい》しい思いにありつけるかもしれねえぜ。なにしろよ、日本の女ってのは、なんだってやらせてくれるって話だ」

家健の向かいの席でコーヒーをすっていた阿偉《アーワイ》が下品に笑った。

「おまえ、日本のアダルト・ヴィデオの見すぎだぜ」家健は椅子の背もたれに背中を預けた。ゆっくり首をめぐらせる。新世界海景《ニューワールド・ハーバービュー》のコーヒーラウンジ。客の三分の一は白人で残りが東洋人。東洋人のほとんどは日本人か大陸から来た田舎者だった。「他人事《ひとごと》だからよ、おまえは笑ってられるんだ。確かにいい女だけどよ、たまったもんじゃねえぜ」

「なにがたまらねえってんだよ？」

「尖沙咀《チムサアチョイ》、銅鑼灣《トンローワン》、中環《チョンワン》……さんざん買い物に引き回されてよ、最後はヴィクトリアピークときたもんだ。それもよ、車があるってのに、トラムに乗りたいなんて喚《わめ》きやがる。でもって、明日は映画をご覧になりたいそうだ。黎明《ライミン》が主演のあのつまらねえ映画だぞ。なんだって日本のやくざの娘があんな田舎野郎の映画を観るんだ？」

「黎明が相手だったら、あそこをしゃぶったり、自分で自分のを広げて突っ込んでもらいてえと思ってるんじゃねえのか」阿偉は首にかけた金のネックレスを弄《もてあそ》んだ。「おめえと代わりてえよ。おれも日本の女にしゃぶってもらいてえ」

「てめえ、やっぱり他人事だと思ってるな？」

「しょうがねえだろう。うちの組でよ、お前が一番英語ができるんだ。日本のやくざの大《タイ》老《ロウ》によ、娘をよろしく頼むって頭を下げられたら、うちの大哥《タイコー》だってそれなりのことしなきゃならねえんだよ。出入りに駆りだされるよりよっぽどましだろうが」

「だいたいよ、なんだって――」家健は新しい煙草に火をつけた。「大哥は日本のやくざなんかとつるもうなんて考えたんだ？」

「そりゃやっぱり、澳門《マカオ》の件だろう」

「やっぱり澳門か」

家健は煙草をくわえたままテーブルの上に身を乗りだした。不機嫌に澱《よど》んでいた目が照明を受けてぱっと輝いた。

「向こうの連中な、台湾の奴らと手を結んだらしい。その対抗策ってわけだ。今年に入って、向こうが五人、こっちが四人死んでるからな。これで台湾と日本の連中が絡んできたら、本物の戦争がおっぱじまっちまう。たまったもんじゃねえぜ」

阿偉が首を振った。シャツの襟首から覗《のぞ》いた金のネックレスが揺れた。家健は黄金の輝きをじっと見つめた。

「だけどよ、阿偉。おれたちにとっちゃ出世のチャンスだ」

「アホ吐《ぬ》かせ。死んじまったら、出世もくそも関係ねえ。おまえ、今朝の新聞、見たか？」

「ああ、ひでえもんだったな。両目潰《つぶ》されて、両手を切り落とされてた。あの死体、王《ウォン》の野郎だろう？　なんだってあんな気色の悪い写真を新聞は載っけやがるんだ？」

「そりゃ、おまえ、堅気の野郎どもはああいう写真を見たがるのよ。なぁ、家健。あんな風にくたばるぐらいだったら、日本の女のお守りをしてた方がよっぽどましだって。うまくいきゃぁよ、おまんこやらせてもらえるかもしれねえじゃねえか。よく考えろよ、家健。もし、うちの組が澳門《マカオ》の利権を手に入れたってよ、おれたちにまで銭が回ってくるわけじゃねえんだ。危ない橋渡らされるだけ損だって」

阿偉は首を振った。

「てめえは他人事だからそういえるんだよ」

家健は煙草の煙を天井に向けて吐きだした。煙はエアコンの空気に渦を巻き、静かに消えていった。

「そう腐るなって——」

阿偉の声を遮るように腰にぶら下げた携帯電話が鳴った。家健は掌《てのひら》を阿偉に向けて、携帯電話に出た。

「はい？」

「食事が終わった。車を回しておけ」

「わかりました」電話を切った。「飯は終わったそうだ。車を出せとよ」

「陳《チャン》の兄貴か？」

阿偉が腰をあげた。

「そうだ」

家健は阿偉が動くより先に席を離れた。

「おい、コーヒー代、どうすんだよ？」

「払っといてくれよ」

「おめえ、いつだってそうなんだからよ」

阿偉の諦《あきら》めたような声に耳を傾けながら、家健はにんまり微笑んだ。

†

車のドアミラー。家健は自分のスタイルをチェックした。短く刈りこんだ髪は陳小春《チャンシウチョン》を意識したものだ。チンピラ映画の『古惑仔《クーワッチャイ》』、あの中の陳小春は最高にイケていた。身体《からだ》にぴったり張りついた襟幅の広い水玉のシャツ、ブーツカットの黒革のパンツ。

「これで、こいつが本物ならな」

家健は唇を尖《とが》らせて左手首の腕時計を見下ろした。紛《まが》い物のロレックス――くすんだ光を放っていた。

「ま、しかたねえか」

家健はサングラスをかけて車に乗りこんだ。

†

「蘭桂坊《ランカイフォン》に行ってみたいわ」

シートに腰を落ち着ける前に、里美がいった。

「蘭桂坊ですか？」家健の唇が歪《ゆが》んだ。「今日は土曜ですから、凄《すご》い人出ですよ」

「行ってみたいの」

きっぱりとした口調だった。家健は小さく首を振った。

「わかりました」

乱暴にアクセルを踏みこんだ――最高級のベンツは緩やかに動きだした。

「ここから遠いの？」

「すぐですよ」

家健はハンドルとシフトレバーを巧みに操りながら、ときおり、視線を里美のスカートから伸びた脚に飛ばした。

「ねえ、さっきのレストランでとても美味しいスープが出たの。フカヒレとかアワビとかいろんな具が入ってて……あのスープ、なんていうのかしら？」

「わかりません。そんなの、飲んだことないから」

「ほんとうに？」

「おれは普段は屋台とか、そういうところで食べることが多いんですよ」

里美が運転席に顔を向けた。青や赤――原色のネオンの明かりを受けて、目が吸血鬼のような色を放っていた。

「屋台？　美味しいのかしら？　どんなものを食べるの？」

「そこらのレストランで出るようなものと変わりませんよ。ただ、ちょっと油がきつくて、無茶苦茶安いだけです」

「今度、連れていってくれる？」

「マジかよ……」

家健は広東語でつぶやいた。

「なんていったの？」

「いや、道が混んでるなって」家健はウィンカーをつけて車を左折させた。「連れていってあげてもいいですけど、汚いし、下品だし……お父さんが許してくれませんよ」

「大丈夫よ。パパ、明日から仕事が忙しくなるから。素敵なレストランで美味しいものを食べるのもいいけど、毎日それだと飽きちゃうもの」

「じゃあ、明日の夜、行ってみましょうか？」

「そうしてくれる？　約束よ」

「わかりました」

家健は眉《まゆ》をしかめながら窓の外に視線を移した。通りを歩く人間の姿が東洋人より白人の方が多くなっていた。道幅の狭い緩やかな坂道。蘭桂坊の賑《にぎ》わいが肌に感じられるようになっていた。

家健は路肩に車を停めた。

「ちょっと待っててください」

ケンタッキーフライドチキンの入口で、流行のファッションに身を固めたガキたちが所在無げにたむろしていた。家健は、近づいて声をかけた。

「おい、ガキども。白人のクソ野郎たちが悪さしねえようにこの車、見張ってくれ」

パンツのポケットからくしゃくしゃの百ドル札をつかみ出し、ガキたちに放り投げた。

「あんた、黒社会《ハクセイウィ》?」

「うちの大哥《タイコー》のベンツだ。なにかあったら、てめえら皆殺しだからな」

「どれぐらい見てりゃいいのさ?」

家健は車を振り返った。里美がウィンドウを開けて顔を突きだしていた。視線は蘭桂坊のざわめきの方角に向けられていた。

「二時間だな」

「勘弁してよ。こんなところに、二時間も突っ立ってらんないよ」

「うるせえな」家健は別の百ドル札を放り投げた。「どうせ他にすることもねえんだろうが。黙って車を見張ってやがれ」

ガキたちの顔を一人ずつ睨《にら》みつけた。

「わかったよ」

ガキの一人がうなずいた。

「おれは周《チョウ》だ。携帯の番号、教えるから、なにかあったら連絡しろ」

家健が口にした番号を、ガキの一人がメモに書きとった。

「じゃあ、頼むぞ」

「周先生《シンサン》、日本のアダルト・ヴィデオ、モザイクかかってないやつ手に入らないかな」

「なんでおれがてめえらのマスかきの手伝いしなくちゃならねえんだ？」

家健はガキたちの足元に唾《つば》を吐いた。

†

酔っ払った白人たちが狭い道路に溢《あふ》れかえっていた。あちこちに反響する英語のアクセント。悪夢の中に迷いこんだような違和感。家健は里美の腰に腕を回し、白人たちをかき分けて歩いた。

「凄いわね。ここだけ違う国みたい。いつもこうなの？」

「ウィークエンドはたいていこうですね。ハロウィーンやクリスマスのときはもっと凄いですよ。気に入った店があったらいってください。席は作れますから」

「黒社会の人たちって、こういうところにも顔がきくの？」

「ここも香港ですから」家健は少しだけ首をひねってから付け加えた。「ここらあたりはうちの縄張りじゃないんですけど、黒社会の人間だってことがわかれば、大抵の無理はききます」

里美が微笑んだ。

「日本と同じね。わたしがやくざの組長の娘だとわかると、みんな気をつかうわ――」里美は道端の店を指差した。「あのお店、お洒落《しゃれ》ね。あそこがいいわ」

開け放たれたエントランス。ダークなトーンのインテリア。スノッブな白人たち。店の奥にグランドピアノ――黒人のピアニストがゆったりとしたブルゥズを演奏していた。

「じゃあ、入りましょう」

ビールを片手に怒鳴りあっている白人たちを押しのけて、家健と里美は店に足を踏みいれた。客たちがてんでに喋っている英語があちこちに反響していた。黒人のブルゥズは耳を澄ませなければ聞こえなかった。

家健はTシャツにエプロン姿のウェイターをつかまえた。

「二人なんだが、席を作ってくれないか？」

「見りゃわかるだろ。満席だよ」

家健の目が細まった。

「そういうなよ、ブラザー」家健はシャツの袖《そで》をまくりあげた。青い墨で描かれた龍――ウェイターの目が龍に釘《くぎ》づけになった。「こちらのレイディがどうしてもこの店で飲みたいっていうんだ。なんとかしてくれよ、ブラザー。なんとでもなるだろう？」

「しょ、少々お待ちください。今、席を作りますから」

「ピアノのそばがいい」

家健はピアノの近くのテーブルを指差した。空のグラスを弄《もてあそ》んでいる白人の三人組がそのテーブルを使っていた。

ウェイターがそのテーブルにすっ飛んでいった。腰をかがめ、三人組に耳打ちする。三人の視線が家健に集まった。家健は唇だけで笑みを作った。細められた目は無表情に三人を見つめていた。

「大丈夫なの？　こっちを睨んでるわ」

里美がいった。

「平気ですよ。白人の不良ってのは、質《たち》の悪いのが多いんですけど、そういうやつらはもっと品のない店で飲んでます。こういう店に来るやつらはなんの問題もありません」

家健の言葉が終わらないうちに、白人たちが立ち上がった。

「ほら、空きましたよ」

家健は里美の手をとって席に向かった。白人たちとすれ違う。

「チンピラが気取りやがって」

すれ違いざま、だれかの吐きだすような声が聞こえた。家健は足を止めた。ゆっくり振り返った。白人たちは逃げるように店を出ていった。

ビールとシンガポールスリング。

「じゃあ、乾杯」

里美が微笑みながらグラスを掲げた。家健はつまらなさそうにそれに応じた。

「つまらなさそうね。こういう店、好きじゃないの?」

「白人のやつらの溜《たま》り場ですからね」

「白人が嫌いなのね?」

「アメリカやヨーロッパのやつらを好きなアジア人なんていますか?」

「いるわ。日本人はみんな白人が大好きよ。みんな、自分が白人だったらいいのにって思ってるわ」

「日本人は特別だ。それに、ああいう連中もね」

家健は隣のテーブルに顎《あご》をしゃくった。長いブロンドを後ろで束ねた白人の男、ブルネットの髪を短く刈り上げた白人の女、それに、黒い髪をブロンドに染めた眼鏡の東洋人。

「確かに、みっともないわね。彼、香港の人かしら?」

「ABCですよ」

「アメリカン・ボーン・チャイニーズ。見た目は中国人のくせに、考え方はアメリカ人とくる。バナナともいいますけどね。外は黄色で中身は白。最低だ」

「でも、あなたもABCじゃない？　オーストラリアン・ボーン・チャイニーズ。違う？」

家健はビールに口をつけた。煙草を口にくわえた——里美が眉《まゆ》をしかめた。

「煙草、嫌いですか？」

「好きとはいえないわ」

「ほんと、日本人ってのはアメリカ人みたいだ……。バーってのはね、酒と煙草と会話を楽しむところなんですよ。煙草が嫌いなら、バーになんか来なければいい」

「わたしにお説教してるわけ？」

家健は首を振った。

「アメリカ人なんかろくなもんじゃないっていっただけですよ……おれは中華街で生まれ育ったんです。オーストラリアにいても、周りの人間が喋《しゃべ》ってるのは広東語。文化も習慣も中国風。おれはオーストラリアで生まれたけど、中国人として育てられたんです。連中とは違うんだ」

家健は感情のない目を金髪の東洋人に向けた。

「オーストラリアの中国人が、どうして香港で黒社会に入るようになったの？」

里美の顔がほんのりと赤く染まっていた。シンガポールスリングは三分の一に減っていた。

「他に仕事がないからですよ。おれは英語が喋れるけど学がない。コネもない……いや、黒社会《ハクセイウィ》にしかコネがなかったんです」

「それで楽しいのかしら？」

「楽しいですよ。黒社会に入ったおかげで、お嬢さんのような人とこうして酒も飲める」

家健は笑った。どこか投げやりな態度で肩をすくめた。

「そのうち、殺されるかもしれないわ」

「生きてるのよりマシかもしれないじゃないですか」

家健は会話を断ち切るように盛大に煙を吐きだした。

「わたしのパパ、一度撃たれたことがあるわ」里美は家健の態度を無視して話を続けた。

「わたしは十二歳で……恐かったわ。パパのことが心配で心配で、それから、どうしてやくざなんかになったのかって、パパを恨んだわ」

「でも、お嬢さん。パパがやくざになったおかげで、お嬢さんはこうして香港の黒社会のチンピラを顎で使えるんじゃないですか」

「そうね」

里美は目を伏せた。

「もう、こんな話はやめましょう。せっかく、香港にいらっしゃったんだ。楽しい夜にしなきゃ、損ですよ」

「じゃぁ、こういう話はどう？」里美がいたずらっ子のように微笑んだ。「七月一日が過ぎたら、あなたはどうするの？香港はどうなるの？」

「どうにもなりませんよ。イギリスに支配されようが、共産党に支配されようが、香港人は死ぬまで香港人なんです」

家健は笑った。

†

左車線を走っていたタクシーが急に車線を変えた。家健はブレーキを踏み、怒鳴った。

「なんて運転をしやがるんだ、くそったれ！」

家健はバックミラーを覗いた。ヘッドライトが延々と続く光景。車線を変更しようと試みたが、すぐに諦《あきら》めた。

「くそタクシー野郎め。今度同じことをしたら、ぶち殺してやる」

ハンドルを掌《てのひら》で叩《たた》き、クラクションを鳴らした。煙草をくわえ、慌てて吐きだした。

「やべえ、やべえ。煙草の匂いをつけて車返したら、大哥《タイコー》にどやされるところだぜ」

家健は煙草をパッケージに押しこみ、携帯電話を取り出した。

「家健です。日本の小姐をホテルに送り届けました。大哥の車、どうしますか?……じゃ、このまま大哥の家にお届けします。はい、わかりました」

携帯電話を切り、ウィンカーを点滅させた。家健は車を皇后大道に乗せた。ハンドルを指で叩きながら、左手に握ったままの携帯電話のボタンを押した。

「おれだ、哥哥《あにき》だ。おふくろはどうしてる?……知らねえって、おまえ、そりゃどういうことだ? また、あのろくでもねえ男と出かけてたのか? 色気づくのもいい加減にしやがれ。留守の間におふくろになにかあったらどうするつもりだ!? なんだと? マジでいってんのか、てめえ? よく聞けよ、こら。おれはな、なにも可愛い妹を色気違いの牝豚《めすぶた》にしたくて大学にいかせてやってるわけじゃねえんだぞ。あ? なんだその、下品なやくざってのは? おれのことをいってんのか? おまえ、実の兄貴になんていいやがった!? おまえ、酒飲んでやがるのか? くそっ。おれがおふくろと妹のためによ、汗水流して働いてるってのに、妹のおまえは、ろくでもねえ男と酒かっくらって乳繰り合ってるってのか？　世の中、どうなっちまってるんだ？」

信号が黄色から赤に変わった。家健は車をとめ、横断歩道を渡る通行人にクラクションを鳴らした。

「……そうだ。わかってくれりゃいいんだ。おれはなにも、おまえに難しいことを頼んでるわけじゃねえ。そうだろう？　おふくろの面倒を見てもらいてえだけだ。泣くなって、おれが悪かったよ。ほんのちょっとの辛抱じゃねえか。おれが出世したらよ、でけえ家買って、フィリピン人のメイド雇ってよ、そうしたら、おまえは好きなことできるようになるんだ。……ああ、怒鳴ったりして悪かったって。だから、泣くな。もう少ししたら帰るからよ、おふくろのこと、頼んだぞ。……ああ、わかった。買ってくよ。じゃあな」

家健は助手席のシートの上に携帯電話を放り投げた。

「どいつもこいつも、勝手なことばかりほざきやがってよ」

眉間《みけん》に皺《しわ》を寄せ、唇を尖らせながら、だれに向けたのかわからない愚痴をこぼしつづけた。

†

前方に競馬場が見えてきた。家健は黄泥涌道を右折した。競馬場の向こうに、高層マンションがずらりと立ち並んでいた。

「今日のお務めもこれでおしまいか……」

家健が呟《つぶや》いたとき、後ろを走っていた黒いホンダがヘッドライトをハイビームに切り替えた。

「なんだ、おい？」

タイアがアスファルトに擦《こす》れるスキッド音——ホンダがスピードをあげた。家健のベンツを追い越し、進路を塞《ふさ》ぐように幅を寄せてきた。

「なにしやがる!?」

家健はブレーキを踏んで車をとめた。家健の進路を遮るようにホンダもとまった。家健は後ろを振り返った。別の車が、これまた家健が後退するのを邪魔するかのようにとまったところだった。

「どういうことだよ、おい？」

家健の顔から血の気が引いた。前後の車から人が降りて来た。きらりと光るものが目に入った。刃物。それに拳銃《けんじゅう》。家健は熱病にかかったように震え、落ち着きのない視線を前後に動かした。

「か、勘弁してくれよ……」

男たちが近寄ってきた。家健はドアをロックしようとした——遅かった。駆け寄ってきた男がドアを開け、家健の首筋に青龍刀を押しあてた。

「龍哥《ロンコー》、豹《パイ》の野郎は乗ってません」

男が叫んだ。家健の顔はさらに蒼醒《あおざ》めていた。

「豹の車じゃねえのか？」

派手な色彩のシャツにサングラスをかけた男がいった。龍——家健の属する組織に対抗する組織のボス。

「おい、てめえ、周家健だよな？　豹のところのチンピラだろうが？」

青龍刀を突きつけてきた男がいった。家健はうなずいた。

「豹はどうした？　なんでこの車に乗ってねえ？」

「きゃ、客人の娘さんを乗せてたんです。豹哥は、今日は別の車で……」

「龍哥、どうしますか？」

「引きずりおろせ」

男が家健の胸倉を摑《つか》んだ。家健はそのまま車の外に引きだされた。

「なんてこった。てめえらが、豹の車を見つけたって騒ぐからこうやって出てきてみりゃあ、捕まったのはチンピラ一人だ。てめえら、おれの貴重な時間を潰《つぶ》させやがったんだぞ」

龍が男たちをかき分けて、家健の前に足を進めてきた。

「すいません、龍哥」

「客人の娘といったな？」龍が家健に訊《たず》ねた。「その客人ってのは、もしかすると、日本のやくざか？」

家健はうなずいた。

「そ、そうです。くそったれの日本人で……」

「どこに泊まってるんだ？」

「港島香格里拉《アイランド・シャングリラ》……」

「ボディガードかなんか、ついてるのか？」

「は、はい。日本から来たやくざが二人と、豹哥がつけたうちの組のが二人」

「やっぱりな。それじゃ、手が出せねえ。まったくの無駄足じゃねえか」

龍が舌を鳴らした。家健の顔は汗でびしょ濡《ぬ》れだった。

「龍哥、こいつ、どうしますか？」

サングラスの奥で、龍の目が冷たく光った。

「首を切り落として、豹の家の前に転がしておけ」

家健は音をたてて息をのんだ。

「龍哥、命だけは助けてください。お、おれには寝たきりのおふくろと妹がいるんです。おれが死んだら……」

龍が家健に近寄った。手を伸ばして、家健のシャツの襟をつまんだ。

「いい服着てるじゃねえか？　まるで、映画の『古惑仔』みてえな格好だ。豹の野郎、よっぽど気前がいいのか？」

「龍哥、お願いです……この服はダチに借りたんです……」

「なぁ、坊主。おれたちゃ、黒社会だ。映画の中の俳優みたいに、格好よく生きてるわけじゃねえのよ。それぐらいのこと、わかってもいいんじゃねえのか？」

龍が顎《あご》をしゃくった。男たちが家健の腕を押さえた。頭を押さえつけられて、家健はもがいた。

「龍哥、助けてください。なんでもします。だから……」

最初に車に駆け寄ってきた男が青龍刀を振り上げた——振りおろした。

家健の頭がアスファルトの上に転がった。

# 長い夜

# 1

ミーナが血を吐いた、とアセンがいった。涼子は皿に伸ばそうとしていた箸《はし》を宙でとめた。

「ミーナって、あのミーナ？　血を吐いたの？」

涼子は聞き返した。アセンの日本語はお世辞にも上手だとはいえなかった。おまけに店の中は騒がしかった。北京語に広東語、上海語、福建語、タイ語が飛び交っていた。だれかがカラオケを大声で歌っていた。

「そうよ。昨日ね、血、吐いたって。たくさん、たくさん」

アセンはもどかしそうに日本語を口にした。聞き間違いではなかった。

「病院にいったの？」

涼子は英語で訊《き》いた。アセンの英語は日本語よりはましだった。

アセンは首を振った。唇をへの字にしてビールの入ったグラスを傾けた。

「病院はお金がかかるよ」

唇のまわりにビールの泡――アセンは舌で舐《な》めとった。

「それはそうだけど……」涼子はサラダを頰張った。ドレッシングは真っ赤だった。涼子は顔をしかめた。額に汗が浮き上がった。「ミーナ、少しぐらいならお金あるでしょう?」

「ミーナ、また日本人に騙《だま》されたんだよ。金がないんだ。金がないオーヴァーステイは病気になっちゃいけないんだけどね」

アセンは眼鏡を外してレンズをシャツの袖《そで》で拭《ぬぐ》った。どこか意地の悪そうだった表情がそれで一変する。年相応――二十四歳の青年の顔つきが浮かびあがる。

「ミーナ、そればっかりじゃない」

涼子は声を張りあげた。隣の席の上海人が振り返った。

「うるせえぞ、くそアマ」

北京語だった。それぐらいの意味はわかった。一年前までつきあっていたマレーシア人は広東語と北京語と英語を話した。広東語と北京語の卑語はたいてい理解できるようになっていた。そのマレーシア人は運が悪かった。警官に職務質問されて、強制送還された。

電話するよ、手紙書くよ――入管の面会所でそのマレーシア人は涙を流しながらいった。

だが、電話はかかってこなかった。手紙も来なかった。

「おまえこそうるさい、馬鹿」

涼子は北京語でいった。相手の目が丸くなった。

「やめなよ、涼子」

言葉を続けようとすると、アセンに遮られた。

「どうして止めるのよ？」

「相手は上海人だよ。なにされるかわからないよ」

「あんたたちマレーシア人だって、危ないやつは危ないじゃないのよ」

「上海人はもっと危ないよ」

涼子はため息をついた。アジア人とつきあっていると、話が嚙《か》み合わないことがよくあった。日本ではこうなのだと説明しても、彼らは耳を貸そうとはしなかった。諦観《ていかん》——結局、それ以外に取る道はない。

「ミーナね、涼子に会いたがってるよ」

アセンがいった。日本語だった。涼子はもう一度ため息をついた。箸をテーブルの上に投げだした。あれだけあった食欲がいつの間にか消えていた。

「わたしは別に会いたくないよ」

涼子はいった。すぐに後悔した。アセンの視線が落ちるのがわかった。

「だって、アセン、みんなトラブル抱えたときだけわたしに会いたがる。そんなのフェアじゃないよ」

涼子は訴えるようにいった。

「だけど、頼れる人、涼子しかいないよ。おれたち、オーヴァーステイだからね」

アセンはいった。英語だった。涼子を非難するような口調だった。

涼子はアセンから視線を逸《そ》らせた。満席の店内。黄色と褐色の肌の客たち。日本人は涼子だけだった。煙草の煙で店内の空気は濁っていた。客たちの話し声が壁に反響していた。カラオケの大型モニタでは、香港の有名歌手がナルシシズムを隠しもせずに君が恋しいと訴えていた。

ミーナの顔が脳裏に浮かんだ。タイから来たといい張るミャンマー人。日本に来たのは三年前だといっていた。錦糸町のやくざの下で管理売春をやらされていた。日本に来るために作った借金を返済するのに二年かかった。やくざから解放されると大久保にやってきた。フリーの娼婦《しょうふ》として働いていた。日本の男が好きだった。日本人が欧米人に憧《あこが》れるのと同じ気持ちを日本の男に抱いていた。だから、よく騙された。身体《からだ》を売って稼いだ金を騙し取られていた。

どうして簡単に騙されるのよ――三ヵ月前、酒に酔って説教がましいことを口にした。ミーナは怒って、もう涼子とは友達じゃないと宣言した。それ以来、電話がかかってくることもなくなった。

それなのに、自分が困ると助けを求めてくる。

みんなそうだった。だれもがそうだった。

「で、ミーナはどこにいるの？　前と同じアパート？」

アセンがうなずいた。

「じゃあ、行こうか」

涼子はグラスに残っていたビールを一息で飲み干した。

「行ってくれるの？」

アセンがいった。眼鏡をかけなおした顔は表情がよく読みとれなかった。

「だって、仕方ないじゃない。その代わり、お勘定、アセンの奢《おご》りだからね。いい？」

アセンはうなずかなかった。いやだともいわなかった。

## 2

大久保通りの狭い歩道は人で溢《あふ》れていた。路上を行く人間の半数以上がアジア人だった。涼子がはじめて大久保を訪れたときから比べても、アジア人の数は激増していた。

ただ、エスニック料理が好きなだけだった。知り合いに、大久保にうまいタイ料理の店があると聞いてやって来ただけだった。それが、今では日本人の友人より、マレーシア人やタイ人の友人の方が多くなっている。

涼子が行ったタイ・レストランは『ワット・アルン』という名だった。客の三割が日本人、残りがタイ人とマレーシア人、それにシンガポール人だった。涼子にはマレーシア人とシンガポール人の違いがわからなかった。区別できるのはタイ人だけだった。マレーシア人とシンガポール人は大半が中華系だった。似たような顔と似たような名前を持っていた。話す言葉も似通っていた。ただひとつ、涼子が理解できたのは彼らが日本人とは違うということだけだった。

『ワット・アルン』の料理は美味《おい》しかった。ただ辛いだけではなく、微妙な味わいがあった。病みつきになり、週末になると通い詰めた。土曜の『ワット・アルン』にはいつも同じ顔ぶれがいた。みんな、月曜から土曜まで働いていた。羽目を外して遊ぶことができるのは土曜と日曜の夜だけだった。彼らは開けっぴろげだった。遊ばないのは損だといわんばかりに食べ、飲み、歌った。トイレで嘔吐《おうと》するものが必ずいた。彼らは吐いたあとでも酒を飲んだ。苦しい顔ひとつせずに、口を大きくあけて笑った。色目を遣ってくる男たちもいた。そんな男たちは徹底的に無視した。無視しても、彼らは日本の男のように鼻白むことがなかった。

『ワット・アルン』に行けば、日本人社会に必ずつきまとってくるわずらわしさとは無縁でいられた。英語を話す者が多かったせいで、コミュニケーションには困らなかった。疲れているときは耳を閉ざせばよかった。北京語も広東語もタイ語も、聞く気にならなければただのノイズと変わらなかった。

そのうち、次は別の店に行こうと誘われるようになった。

世界が広がった。そして、どっぷりと深みにはまった。

彼らはいつも悩みを抱えていた。警察や役所に行くこともできなかった。彼らは自分の抱えている悩みを涼子に話すようになった。

最初はそれが嬉しかった。彼らの仲間入りができたと思った。いまは、負担に感じることが多くなった。

悩みを打ち明けるときも彼らは開けっぴろげだった。こちらの気持ちを斟酌《しんしゃく》するということがなかった。お願いします――変なアクセントの日本語で涼子に頼めば、悩み事は解決すると信じていた。そして、いつも涼子は押し切られた。やりたくもないことをやらされた。

いくつもの悩みとトラブルが耳を通り抜けた。

涼子はくたびれていた。

3

NTT新宿裏の古ぼけたマンション。ミーナはそこに住んでいた。もっと綺麗《きれい》なマンションに引っ越ししたいといつも訴えていた。日本人がするようにしたい――ミーナのそれが願いだった。

四階建のマンションにエレヴェータはなかった。アセンと一緒に階段をのぼった。アセンはずっと無言だった。踊り場の床をゴキブリが這《は》い回っていた。生ゴミの臭いが鼻をついた。三〇五号室がミーナの部屋だった。アセンがドアをノックした。

「涼子を連れてきたよ」

アセンは英語でいった。すぐにドアが開いた。ドアの隙間から顔を覗《のぞ》かせたのはリサだった。リサはおカマだった。女より綺麗なおカマだった。タイで性転換手術を受けたといっていた。大久保のホテル街に立って客を引いていた。リサを買う客はだれもリサが男だということに気づかないという評判だった。

「涼子」

リサは涼子を見て微笑んだ。光の加減でリサの顔はのっぺりとして見えた。涼子はリサの顔を覗きこんだ。リサは化粧をしていなかった。刺青《いれずみ》をいれた眉だけが部屋から差し込む光に映えていた。

「ミーナはどうなの?」

涼子は英語でいった。リサは首を振った。

「よくないわ。とにかく、入りなさいよ」

リサが身体を引いた。涼子は部屋の中に足を踏み入れた。湿って温まった空気が身体にまとわりついてきた。ミーナの部屋にエアコンがないことを思いだした。思わず、顔をしかめた。アセンに背中を押された。玄関は狭かった。靴を脱いで部屋にあがった。生ゴミの臭いが消えた。代わりに、香辛料の刺激臭が鼻をついた。

部屋の間取りは一DKだった。六畳ほどのダイニングキッチンと四畳半の部屋がひとつ。

ダイニングには粗末なテーブルセットが置いてあった。テーブルの上には鍋《なべ》が置いてあった。蓋《ふた》が開いていた。鍋の中身はお粥《かゆ》だった。リサがミーナのために作ったのだろうと思った。リサは料理が上手だった。女より女らしかった。

リサがダイニングを横切って奥の部屋に入っていった。タイ語でミーナになにかを話しかけていた。涼子は漫然とダイニングの中を見渡した。

テーブルセットと食器棚は粗大ゴミ置き場から拾ってきたものだった。冷蔵庫は故買屋から格安で買ったものだった。

アジア人たちとつきあうようになる前はゴミ捨て場からなにかを拾ってくるなど考えたこともなかった。故買屋からなにかを買ったこともなかった。日本人社会に溶けこんでいれば無縁の世界がいくらでもあった。日本は均質社会だといわれるが、少なくとも大久保や新宿界隈《かいわい》には均質な世界などなかった。綺麗な世界があった。汚い世界があった。国境を越えた友情があった。異なる文化間の激しい対立があった。ダイナミックだった。隙間から覗き見している分には楽しかった。どっぷりはまると、これほど疲れる世界もなかった。

涼子は日本人が嫌いだった。日本の社会に違和感を抱いていた。だからといって欧米に視線を向けるのもいやだった。だから、大久保の異人たちのあいだに溶け込めたのだと思っていた。今では、日本人にもアジア人にもうんざりするようになっていた。そんな自分に嫌悪感を抱いていた。

キッチンのまわりの壁は染みだらけだった。ガスコンロの上に中華鍋がのっていた。台所は思っていたより片づいていた。たぶん、リサがやったのだ。ミーナはだらしない女だった。ミーナが部屋を掃除するところを見たことがなかった。

「涼子」

奥の部屋の方から声がした。戸口にリサが立って涼子に手招きしていた。涼子はリサの方に足を向けた。リサが踵《きびす》を返した。その背中を追った。ちらりと振り返る。アセンはテーブルの上に尻をのせていた。

四畳半の部屋に安物のパイプベッドがひとつ。窓枠につり下げた衣類がカーテンの代わりだった。気をつけないと日光が繊維を焼いて変色してしまうとミーナは嘆いていた。カーテンぐらい買えばいいのにと涼子はいった。ミーナはそうねというだけだった。アジア人の金銭感覚が涼子には理解できなかった。

ミーナは青白い顔をしていた。眉間《みけん》に苦しげな皺《しわ》が寄っていた。リサがミーナの枕元に膝《ひざ》をついた。タイ語でなにかを囁《ささや》いた。涼子が来たわよ——言葉を理解できなくても意味を悟ることができた。

ミーナの目がゆっくり開いた。目は血走っていた。潤んでいた。

「涼子……」

ミーナの口が動いた。か細い声だった。元気なときのミーナは大声で話した。大声で笑った。ミーナのこんな声は聞いたことがなかった。

涼子は唇を嚙《か》んだ。リサの傍らで同じように膝をついた。ミーナのそばに顔を寄せた。

「だいじょうぶ、ミーナ？」

「だいじょうぶよ、涼子。ちょっと、疲れただけね。わたし、働きすぎたよ」

疲れただけには見えなかった。ミーナは死にかけているように見えた。

「だいじょうぶじゃないよ、ミーナ。どうしてこんなになるまで放っておいたのよ。自分の身体《からだ》でしょう」

「わたし、日本の病院、行けないよ、涼子」

「そんなことないわよ。お金はかかるけど――」

言葉の途中で、涼子は口を閉ざした。涼子は何人かの個人開業医を知っていた。みんな、大久保界隈で病院を経営していた。健康保険なしでも、パスポートを所持していなくても、ヴィザを持っていなくても診察してくれる医者たち。彼らがいなければ、何人ものアジア人が死んでいたはずだった。だが、彼らもボランティアで病院を経営しているわけではなかった。診察するかわりに料金も取る。保険の効かない医療費は目の玉が飛び出るほど高額なことが多かった。

また、男に騙《だま》された――アセンはそういっていた。金のないオーヴァーステイは病気になっちゃいけない――現実だった。

涼子はリサの横顔に視線を当てた。リサは肩をすくめた。

「いくら騙し取られたの？」

涼子は訊いた。答えたのはミーナだった。

「百五十万だよ、涼子」

「そんなに？」

涼子は嘆息した。涼子が知っているだけで、ミーナは三人の日本人に騙されていた。合計で三百万近い金を騙し取られていた。全額、ミーナが自分の身体を売って稼いだ金だった。

ミーナを騙すのは簡単だった。日本人の男であればよかった。愛してるというだけでよかった。結婚しようといえれば、事はもっと簡単だった。

日本人は、外国人は危険だと思っている。うっかり気を許せば大変なことになると思っている。だが、現実は日本人が考えているより複雑だった。日本人を騙す外人がいた。外人を騙す日本人がいた。どっちもどっちだった。

他の娼婦《しょうふ》ならそんなことにはならなかった。彼女たちは稼いだ金を故郷に送金する。そのために日本に来ている。したくもない仕事をやっている。ミーナは他の女とは違った。日本に来ること自体が目的だった。日本で金を稼ぎ、日本で暮らすことを夢見ていた女だった。身体を売るのは、それが一番手っ取り早い仕事だからだった。

だからミーナは気前がよかった。大久保界隈では人気者だった。中華系マレーシア人のアセンがミャンマー人のミーナの面倒を見るのは、ミーナがアセンに気前よく金を貸すからだった。

リサがミーナの面倒を見るのはリサが世話好きだったからだ。

「しょうがないよ」ミーナは言葉を続けた。「斎藤さん、わたしと結婚してくれるといったよ。嘘じゃなかったよ」

「嘘に決まってるじゃない」涼子は声を荒らげた。「どうしてお金渡したのよ?」

ミーナは睫毛《まつげ》を伏せた。弱々しい言葉を続けた。

「斎藤さん、嘘つきだと思いたくなかったよ」

涼子は拳《こぶし》を握った。口を開けばまたきつい言葉を吐いてしまいそうだった。ミーナは自分が好きになった日本人が嘘をついていることを知っている。知っていて目をつぶっている。わざと騙されているのではないかと思うこともしばしばあった。そのことでよく口論した。涼子が声を荒らげれば、ミーナはそれ以上の大声で反論した。いつもならそれでもかまわなかった。だが、今は——ミーナの病気が深刻なのは、医者でない者にも一目瞭《りよう》然《ぜん》だった。

「わかったわ。そのことはまた、ミーナが元気になってから話そう……それで、今、お金いくら持ってるの？」

ミーナは答えなかった。目を閉じ、苦しそうに息をした。

「十万円ぐらい」

リサがいった。

「たったそれだけ？」

リサがうなずいた。涼子は嘆息した。少なすぎた。それっぽっちの金ではなにもないのと一緒だった。

「ミーナがお金を貸してる人たちがいるでしょう？　その人たちに返してもらえば、いくらかにはなるんじゃない？」

リサは首を振った。

「二カ月前、殺人事件、あったでしょ？」

涼子はうなずいた。大久保駅近くのカラオケスナックで中国人同士が諍《いさか》いを起こし、片方が死んだ。そういう事件が起こると、大久保は普段の喧騒《けんそう》が嘘のように静かになる。警察が動き回っている間は、オーヴァーステイの人間は息を潜めているしかないからだった。

「あの時、いっぱい、捕まったね。みんな、強制送還」

リサは名前を挙げた。知っている名前もあれば、知らない名前もあった。

「みんなミーナからお金借りてたの？」

リサを途中で遮って訊《き》いた。

「そう、みんな。お金たくさんじゃないけど、みんな、ミーナに返さないで帰されちゃったよ。残ってる人、ほんの少しだけ」

「アセン！」涼子は振り返った。「あんた、ミーナにいくら借りてるの？」

「……二十万円ぐらいだよ」

少し間があってから、アセンの声がした。

「すぐに返せる？」

返事はなかった。

「アセン、聞いてるの？」

「すぐ返す、無理だよ」

不貞腐《ふてくさ》れたような声だった。涼子は首を振った。最初からあてにはしていなかった。アセンは赤坂の中華レストランでウェイターのアルバイトをしていた。仕事熱心だと評判だった。店主にも気に入られ、他のアルバイトよりいい時給をもらっていた。それなのに、アセンはいつも貧しかった。アセンの問題はギャンブルだった。理知的な顔をしていて、実際、学もあるくせに、ギャンブルには目がなかった。

「なんとかしなさいよ」

無駄だということはわかっていた。それでも、いわずにいられなかった。アセンからの返事はなかった。

「まったくもう……」

涼子はベッドに顔を向けた。ミーナは目を閉じたままだった。

「なにかしてほしいことある、ミーナ？」

ミーナが目を開けた。懇願するような視線が涼子に向けられた。息苦しさを感じた。

「元気、なりたいよ、涼子。それができなかったら、ミャンマー、帰りたい」

か細い声が伝える言外の意味――助けて、涼子。

「とりあえず、病院に行こうよ、ミーナ。お金払うの、少し待ってもらえると思うから。病気治して、元気になったらまた働いて、それでお医者さんにお金返せばいいでしょう」

気休めだった。昔は医者も診察料を待ってくれた。今では即金で払うことを要求される。だれもツケを払わなかったからそうなった。とりあえず十万円があれば、診察を受けることはできるだろう。問題は、その後の治療費だった。

頭に銀行預金の残高が浮かんだ。涼子は頭《かぶり》を振ってそれを打ち消した。どれだけ親しくなっても、どれだけ相手が困っていても、金だけは貸さないと決めていた。医者と同じだった。昔は頼まれると嫌とはいえず、小額の金を貸し与えていた。大抵の人間は約束した期限の間に金を返してきた。数は少なかったが、金を返さない人間もいた。彼らは知らんふりを決めこむか、涼子になんの連絡も入れずに帰国した。その度に心が痛んだ。何度も傷つけられた心は、固い鎧《よろい》で覆うようになっていった。それをとめることは、涼子にはできなかった。

「明日、迎えに来るから、一緒に病院に行こう、ミーナ」

涼子はいった。ミーナは目を閉じた。大きく息を吐きだした。期待が外れたといわれたような気がした。

# 4

「ミーナ、いつから調子が悪くなったの？」

冷えた麦茶を飲みながら、涼子は訊いた。リサは化粧をはじめていた。扁平《へんぺい》だった顔に立体感ができていくのを眺めるのは、いつものことだが驚きだった。

「春ぐらい。咳《せき》するようになって、すぐに疲れたっていうようになって、顔の色悪くなって、瘦《や》せてきて」

「その頃はまだ、お金あったんでしょう、ミーナは？　病院に行けばよかったのよ」

「それはそうだけど……」

リサは口紅を塗るために口を閉じた。真っ赤なルージュがリサにはよく似あった。

「みんな病院行きたくないよ。お金使いたくない。涼子、わかるでしょ」

「まあね」

涼子は煙草をくわえた。火をつけようとして思いとどまった。リサがじっと煙草を見つめていた。

「ごめん、うっかりしてた」

涼子は煙草をしまった。リサは煙草が嫌いだった。憎んですらいた。リサの手首の内側にはひどい火傷《やけど》の痕《あと》がある。父親に煙草を押しつけられてできた火傷だった。女々しい息子への折檻《せっかん》だった。リサの父親はリサに男らしく育ってほしかった。リサの心は生まれたときから女だった。リサが性転換したとき、父親は自殺を図ったという。自殺は未遂に終わった。リサは日本で稼いだ金を父親にあてて送金している。リサは煙草を見ると心が落ち着かなくなるという。

「煙草、吸ってもいいよ、涼子」

「いいよ。特に吸いたかったわけでもないし」

「女の人煙草吸うの、OK。男の人煙草吸うの、だめ。怖くなるよ」

「吸わないから、気にしないでいいって」

涼子はまた麦茶に手を伸ばした。グラスは濡《ぬ》れていた。麦茶はぬるくなっていた。耳を澄ます——聞こえるのは小滝橋《おたきばし》通りを行き交う車の音だけだった。アセンは金策に行くといって出ていった。奥の部屋からはなにも聞こえなかった。ミーナは眠っていた。死体のように眠っていた。

「ミーナ、なんの病気?」

リサがいった。涼子は首を振った。

「わかんないよ。病院に連れていかなきゃ」

ミーナの蒼醒《あおざ》めた顔を見たときに脳裏に浮かんだ言葉はエイズだった。だが、すぐに思い直した。ミーナは性病には異常なぐらい気を遣っていた。日本に来たばかりのころ、客から淋病《りんびょう》をうつされたことがあるといっていた。泣きながらやくざに訴えると、逆に殴られたといっていた。性病にかかるのは、客じゃなくて女がしっかりしてないからだといわれたといっていた。ミーナは客に必ずスキンをつけさせた。オーラルセックスは許さなかった。

だが——性病でないとすればなんなのか。わからなかった。

「病院、高いよ。ミーナ、お金ないよ。涼子、どうする？」

リサはファンデーションのケースの蓋《ふた》を閉じた。完璧《かんぺき》に作り上げられた顔が涼子を見つめた。

「リサ、ミーナにお金貸してあげられる？」

「だめ」

リサは即座に答えた。

「ミーナが元気になったら、絶対に返させるから」

「だめ。わたし、ミーナ、好きよ。だから、ミーナ病気になったら、面倒見る。でも、お金貸す、だめ。それ、話ちがう。わたしのお金、わたしとわたしのファミリィのお金。わたしだけ違うから、わたし、勝手に使えない」

涼子は視線を天井に向けた。蛍光燈のまわりを小さな虫が飛んでいた。リサのいい分はよくわかった。同情すらできた。涼子も同じだった。日本人にしかできないことを頼まれれば、大抵のことは引き受ける。だが、金の話は別だった。これいじょう、好意を持っている人間から裏切られたくなかった。傷つけられるのはうんざりだった。

「わたし、仕事行くよ」

リサが腰をあげた。真っ赤なミニの臍《へそ》の見えるTシャツにデニム地のショートパンツ。胸はこんもりと盛りあがり、脚はしなやかに長い。ため息が出るようなプロポーションだった。

「わたしも行く」

涼子はグラスの底に残った麦茶をシンクに捨てた。死人のようなミーナとふたりきりにされると思うとぞっとしなかった。リサの跡を追うようにして玄関に向かった。リサは真っ赤なピンヒールをはいていた。デニム地のショートパンツと赤いピンヒール——リサにお似合いだった。

「ミーナ、だいじょうぶかな」

ドアを閉めるとき、リサが振り返って部屋の中を見た。涼子は首を振った。

# 5

『ワット・アルン』は七分ほどの入りだった。顔見知りはその内の一割程度だった。大久保の外人社会は入れ代わりが激しい。やっと信頼関係を築いたと思ったら、次の日には姿を消しているということも珍しくなかった。

涼子はカウンターに座った。カウンターに客はいなかった。すぐに、女店主のユウコがやってきた。

「久しぶりね、涼子」

ユウコは丸い顔に満面の笑みを浮かべた。ユウコはマレーシア人だった。タイ人でも日本人でもなかった。ユウコという名前も本名ではなかった。意味のない日本名を名乗るアジア人は無数にいた。

「最近、涼子がこないからみんな寂しがってるわよ」

ユウコの日本語は上手だった。日本に来て十年。店を開いて六年。正規の労働ヴィザを持っている数少ないアジア人だった。マレーシア大使館にコネを持っていた。客の中には大使館員もいた。三人のタイ人を雇って店を切り盛りしていた。

「嘘ばっかり」涼子は肩ごしに振り返った。「ほとんど知らない人ばっかりよ」

「この前の殺人事件で、みんな捕まるか、帰るかしちゃったからね。いい迷惑よ。どこかの馬鹿が酒に酔って人殺して、おかげで街に警察がいっぱい出て、職務質問されて終わり。みんなオーヴァーステイだから」

「そういうときは外に出ちゃいけないんでしょう?」

「そうだけど、働かないとならないから……お腹空《す》いてない?」

涼子は首を振った。

「トムヤムクンでも飲む?」

「ビールにするわ」

ユウコが声を張りあげた。タイ語だった。しばらくするとカウンターの奥の厨房《ちゅうぼう》から、男が出てきた。新顔だった。褐色の肌に幼いとさえいえる顔をしていた。片手に小振りのビール瓶を持っていた。どこかびくついた視線で涼子を見た。

「日本に来たばかり?」

涼子はユウコに訊《たず》ねた。

「そう。ムエタイの選手なのよ」

ユウコは拳《こぶし》を握った両手を胸の前で構えた。ムエタイはタイ式のキックボクシングのことだった。涼子は男を見た。細い身体《からだ》だった。Tシャツから伸びた腕は筋肉質だった。

男はビール瓶とグラスを涼子の目の前に置いた。逃げるように厨房に戻っていった。

「日本選手と試合するんで呼ばれたんだけど、わざと負けろっていわれたらしいのよ。それで、試合当日になってすっぽかして、そのまま大久保に来ちゃったのよね。ムエタイの選手なんて放っておくとマフィアのボディガードにされちゃうから雇ってあげてるの。でも、まだ慣れてないし、だれかが自分を探してると思ってるのよ」

よくある話だった。『ワット・アルン』に来はじめのころは、この手の話を聞くのが大好きだった。波瀾《はらん》万丈の物語がそこら辺に転がっていた。一番のお気に入りは、蛇頭の手引きで船で密入国してきた中国人たちの話だった。彼らは命を張っていた。運がよければ日本にたどり着き、そうでなければ死んでいた人間たちだった。

今では――うんざりしていた。どれほど波瀾に富んだ物語でも、それが繰り返されればただの日常になってしまう。

涼子はビールをグラスに注いだ。ビールはシンハービールだった。

「ユウコも飲む？」

涼子はいった。ユウコは微笑んだ。カウンターの内側に手を伸ばしてグラスを取った。涼子の隣りのストゥールに腰をおろした。涼子はユウコのグラスにビールを注いだ。

「乾杯」

ユウコがグラスを掲げた。

「乾杯」

涼子はユウコのグラスに自分のグラスをぶつけた。グラスを口に運び、傾けた。アセンと食事をしながらビールを飲んだ。ミーナの部屋で麦茶を飲んだ。腹がぽちゃぽちゃしていた。それでも、飲みたい気分だった。アルコールに強い体質だったら、もっと強い酒が飲みたかった。

「ユウコ……」涼子はグラスをカウンターの上に置いた。「ミーナ、覚えてるでしょう?」

「ミーナ? ああ、ミャンマー人の淫売《いんばい》だね」

ユウコは娼婦《しょうふ》が嫌いだった。娼婦が客連れでやってくると、露骨に顔をしかめた。彼女たちの境遇を理解していても、許すということができなかった。ユウコは熱心なクリスチャンだった。

「あの淫売がどうしたの?」

「病気なのよ。さっき見てきたんだけど、どうも重病みたい。死人みたいな顔色してたわ」

「病院に行けばいいじゃないの」

涼子は首を振った。

「最近、男に金を騙《だま》し取られて、病院に行くお金がないのよ」

「それは困ったわね」

ユウコはいった。ちっとも困ったような顔ではなかった。

「診察費ぐらいならなんとかなるんだけど、あの様子だと、入院しなきゃならないと思うのよね。そうすると、全然お金が足りないわけ。ユウコ、どうしたらいいと思う?」

「放っておきなさい。ああいう女たちは神様の教えを守らないから、罰が当たるのよ」

「でも、死ぬかもしれない人をそのままにはできないでしょう。汝の隣人を愛せよだっけ? どれだけ罪深い人でも、助けてあげなきゃ」

ユウコは顔をしかめた。瓶に残ったビールを自分のグラスに注いだ。空になった瓶を振りながら厨房に向かって叫んだ。涼子の方に顔を向け、静かに口を開いた。

「そんなに重い病気なの?」

「昨日、血を吐いたんだって。さっき見てきたけど、顔色も凄《すご》く悪かった」

「性病?」

涼子は首を振った。

「違うと思う。ミーナ、そういうことには気をつけてたから」

厨房からムエタイの選手が出てきた。両手にビール瓶を持っていた。涼子とユウコの前にビールを置き、逃げるように戻っていった。

「ユウコさん、ミーナにお金を貸してくれそうな人いないかな？」

涼子はビールを飲みながらいった。

「そんな人がいたら、わたしが借りるよ」ユウコは微笑んだ。横顔は寂しげだった。「今は不景気だし……日本人もガイジンも。だいたい、死ぬかも知れない人にお金貸す人、いないでしょう」

「そうだよね」

涼子は煙草をくわえた。火をつけた。吐きだした煙を目で追った。日本に来て知りあったアジア人同士の繋《つな》がりは濃い。日本人には馴染《なじ》めないほど濃厚なつきあい方をする。その癖、ドライなときは徹底してドライだった。そうした矛盾を抱えて、彼らは平然と生活していた。

「涼子はお金ないの？」ユウコの眉《まゆ》が跳ねあがった。「そんなに心配なら、あなたが貸してあげればいいのよ」

「そうしてあげたいんだけど、わたしもお金ないのよ」

涼子の目尻《めじり》が軽く痙攣《けいれん》した。平気で嘘をつく自分に、神経が反抗しているのだと思った。

「早く結婚しなさい。お金持ちの男見つけて、結婚するの」

「ミーナの話とは関係ないじゃない」

「女は結婚しなきゃだめよ。結婚して子供を産んで、育てる。神様がそうするように女を作ったの」

ユウコはぴしゃりとした口調でいった。涼子は煙草を吸った。反論する気にもなれなかった。

「どうしたらいいんだろう、わたし」

「放っておきなさい」

「それができないから悩んでるのよ。ユウコさん、力を貸して。お願い」

涼子は煙草を灰皿で消した。両手を合わせて、ユウコに拝んだ。ユウコは涼子に似ていた。口ではきついことをいっても、頼まれればいやとはいえないタイプだった。

ユウコはストゥールを回転させた。背後で騒いでいたタイ人たちに話しかけた。タイ語のやり取りが続いた。ユウコがなにかをいい、タイ人たちがお互いになにかをいいあう。そして出た結論をユウコに伝える。意味は皆目わからなかった。涼子はビールを飲みながら待った。

突然、ユウコが身体をねじ曲げ、涼子の肩をゆすった。

「ビッグニュースだよ、涼子」

「どうしたの?」

「最近、上海から来た中国人のひとりが、医者だって。その医者なら、安く診察してくれるかもしれないよ」

涼子は唇を舐《な》めた。ミーナの病気が重いのは確実だった。診察するだけでは気休めにしかならない。それでも、病名ぐらいは知ることができる。

「その中国人、どこに行けばあえる?」

涼子は訊《き》いた。ユウコがタイ人たちに話しかけた。答えが返ってきた。ユウコの眉が曇った。

「どうしたの?」

涼子はもう一度訊いた。ユウコがゆっくり顔を向けてきた。

「王唯《ワンウェイ》に聞けばわかるって」

ユウコは静かにいった。涼子の目が丸くなった。

王唯。大久保や歌舞伎町で暮らすアジア人ならだれでも彼のことを知っていた。涼子も何度も耳にしたことのある名前だった。

王唯は歌舞伎町で暗躍するマフィアの一グループのボスだった。

## 6

「本当に行くの?」

アセンがいった。心なしか顔色が青かった。眼鏡の奥の目が泳いでいた。

涼子はうなずいた。迷った末に出した結論だった。やれるだけのことはやってみる。いくらマフィアのボスといっても、まさか、いきなり殺されることはないだろう。ミーナに金を貸せない自分はそれぐらいのことはしてみるべきだった。

だから、アセンの携帯に電話をかけて呼び出した。アセンは王唯の居場所を探しだした。涼子とアセンは区役所通り沿いの雑居ビルの前に立っていた。ビルの三階は中国クラブだった。そこに王唯がいるとアセンがいった。

「こんなこと頼んでごめんね、アセン」

涼子はいった。相手は北京語と上海語しか喋《しゃべ》らない。アセンには通訳をしてもらうつもりだった。

「いいよ。ミーナにお金、借りてるから。涼子ひとりで行かせるのもできないから」

アセンの英語は語尾が震えていた。

「じゃあ、行こう」

自分にいいきかせるように涼子はいった。エレヴェータのボタンを押した。ドアがすぐに開いた。涼子とアセンはエレヴェータに乗りこんだ。三階のボタンを押した。

三階にはふたつの店が入っていた。どちらも中国クラブだった。重厚そうなドアの隙間からカラオケの音が漏れてきていた。

アセンは左手に進んだ。『上海灘』という看板が白く光っていた。ドアの前でアセンが振り返った。確認するような視線を涼子に向けた。涼子はアセンの目を見たままうなずいた。アセンがドアを開けた。途端に大音量のカラオケが鼓膜を震わせた。

ドアの向こうに黒服を着た男がふたり立っていた。ふたりは双子のように似ていた。ふたりは反射的に笑顔を浮かべた。涼子に気づくと、その笑顔は不審の色に取って代わられた。

アセンが北京語で男たちに話しかけた。男たちが不機嫌な表情で首を振った。アセンが食い下がった。男たちは顔を見合わせて相談しはじめた。アセンは「お願いします」を意味する北京語を何度も口にした。

「等一下《タンイーシア》」

右側の男が、ちょっと待てと北京語でいった。左側の男が店の奥に消えていった。

「謝謝《シエシエ》、先生《シエンシャン》」

アセンがいった。男はそれには応じなかった。

「なんて説明したの？」

アセンの耳元で涼子は囁《ささや》いた。アセンが振り返った。

「日本人が老板《ラオバン》にお願いしたいことがあるから会わせてくれって」

アセンは老板という言葉を北京語で発音した。社長とかボスを表す北京語だった。

涼子とアセンは口を閉ざした。ぴくりとも動かないまま、奥に消えた男が戻ってくるのを待った。カラオケの曲が変わった。張學友《ジャッキーチュン》のヒット曲をダミ声が歌いはじめた。曲のサビの部分が演奏される前に男が戻ってきた。男は顎《あご》をしゃくった。ついて来いという合図だった。アセンは動かなかった。涼子はアセンの背中を押した。アセンが歩きはじめた。

店の中は広かった。客は四組しかいなかった。空いた席に茶をひいている女たちが座っていた。女たちはみな、スリットの深いチャイナドレスを着ていた。店の中央の壁際に小さなステージがあった。センスの悪いスーツを着た中年男がステージでマイクを握っていた。張學友を歌っていた。

黒服の男は一番奥の席に向かった。その席にいるのは男が四人と女が五人だった。四人の男は若かった。マフィアには見えなかった。だが、歌舞伎町の中国マフィアたちはいつだってマフィアには見えないものだった。

黒服の男は席の真ん中に座っている男に耳打ちした。男は鷹揚《おうよう》にうなずいた。アセンと涼子に視線を向けて笑顔を浮かべた。北京語でなにかをいった。アセンがそれに答えた。男——王唯は四人の中でも一番若く見えた。白い肌に切れ長の目をしていた。仕種《しぐさ》は芝居じみていたが、それが似合っていた。

王唯は両脇に座っていた女たちになにかをいった。女たちが立ちあがった。王唯は空いた席を両手で叩《たた》いた。座れという意味だった。

「謝謝、老板」アセンがいった。「座れって」振り向いて英語でいった。

涼子はうなずいた。足がすくみそうだった。それでも、覚悟を決めたという顔で、王唯の右側に腰をおろした。アセンは反対側に座った。

「お楽しみのところ、申し訳ありません」

涼子は王唯にいった。アセンが通訳した。王唯はソファの背もたれに斜めに体重を預けた。値踏みするような視線を涼子に向けた。涼子を見たまま、アセンに北京語で訊《たず》ねた。

アセンの顔が強《こわ》ばった。

涼子は唇を嚙《か》んだ。王唯の北京語は汚い言葉だった。汚い言葉だけは意味がわかった。この女とはもうやったのか——王唯はアセンにそういった。

「不是《プーシー》」

アセンは強い口調で否定した。彼女は友達だといった。王唯の顔に人を馬鹿にしたような笑みが浮かんだ。おれとやりたくて会いに来たのか——王唯はいった。涼子は意味がわからないふりをした。アセンは口を閉じてうつむいた。

「最近、日本に来た上海人で、医者の資格を持ってる人がいるって聞いてきたんです。紹介してもらえないでしょうか？」

涼子がいった。アセンが通訳した。王唯は笑みを浮かべながら対面に座っていた男になにかをいった。男が答えた。王唯がアセンにうなずいてみせた。アセンが英語でいった。

「丁果《ディングウオ》って男だって」

名前だけが北京語で発音された。王唯が口を開いた。アセンがなにかをいった。王唯がいい返した。強い口調だった。人を恫喝《どうかつ》する響きがあった。アセンの顔が赤くなり、次いで青くなった。涼子はふたりの顔を見比べた。どんな意味の言葉が交わされたのかは想像もできなかった。

「どうして医者に用があるのか教えろって」

アセンは不貞腐《ふてくさ》れたようにいった。涼子は口を開いた。

「友達が重い病気にかかってるんです。お金がないんで、日本の病院には行けないんです」

アセンが通訳する。王唯の顔から笑みが消えた。王唯は北京語でなにかをいった。アセンが北京語でそれに答えた。涼子はうなずいた。簡単な北京語だった。意味がわかった
——その病人は中国人か？　違います。

王唯が口を開いた。アセンが通訳した。

「どうして日本人が外国人の世話を焼くんだって」

「彼女は友達だから」

涼子は北京語でいった。王唯の目が丸くなった。

「普通話《プートンホア》が喋れるのか？」

普通話とは北京語のことだった。涼子は首を振った。

「ちょっとだけです」北京語でいった。

「ちょっとだけ話せます。聞くの、ぜんぜんできません」

アセンの日本語のような北京語だった。

「そうか」王唯はいった。「おまえのことは知っている」

北京語が続いた。涼子には理解できなかった。涼子はアセンに視線を向けた。

「大久保の屋台村で涼子のこと、見たことがあるって。マレーシア人やタイ人と仲良くし

てたから、珍しい日本人だと思ったたって」

王唯の言葉が続いた。アセンが通訳した。

「どうして外国人とつきあうんだって」

「日本人より、彼らといる方が、楽しいから」

王唯の顔に苦笑が浮かんだ。王唯は口を開いた。アセンがそれを英語に直した。

「日本には白人や黒人もいるじゃないか」

「あの人たちは嫌いです」

涼子は北京語でいった。きっぱりとした口調だった。王唯が仲間の男たちになにかをいった。笑いが起こった。涼子はアセンを見た。アセンは首を振るだけだった。

「王さんにお願いすれば、中国人の医者のいるところを教えてもらえると聞いてきたんです。お願いします。教えてください」

男たちの笑いを断ち切るように、涼子は声を張りあげた。笑いが消えた。王唯は不機嫌な表情を浮かべた。アセンが涼子の言葉を訳した。王唯はそれに答えた。

「紹介してもいいけど、ただではできないっていってる」

アセンがいった。

「さっきもいいましたけど、病気にかかってる人もわたしも、お金はないんです」涼子は懇願するようにいった。「我們没有銭《ウオメンメイヨウチエン》」北京語でつけ加えた。

王唯の顔から表情が消えた。レンズのような目で涼子を見た。涼子は背筋が寒くなるのを覚えた。服の上から裸を透視されているような感覚だった。

王唯が口を開いた。それまでの人をからかうような響きは消えていた。冷たく、静かな声だった。

「年はいくつだ?」

冷たい言葉は簡単な北京語だった。

「二十八です」

涼子は答えた。首をひねった。王唯の質問の意味が理解できなかった。

王唯が仲間になにかを話した。涼子の真向かいに座っていた男がそれに答えた。人の名前のように聞こえたが確かではなかった。北京語のやり取りが続いた。アセンの方を見てもアセンは首を振るばかりだった。男が片手を開いて王唯に突きだした。五十万という北京語が聞こえた。王唯がうなずいた。王唯はアセンに向かってなにかをいった。アセンが口を開いた。

「お金以外にも誠意の見せ方はあるからって……」

アセンの語尾はぼやけて消えた。アセン自身も戸惑っているようだった。涼子は両手を組み合わせた。強く握った。胸の奥底で芽生えた不安が急速に膨らんでいった。

「どうしろっていうんですか？」

アセンが涼子の言葉を王唯に伝えた。王唯が答えた。

「パスポートを持ってこいって」

アセンがいった。

「そんな……」

涼子は絶句した。王唯は涼子の様子にはかまわず、北京語を続けた。アセンがそれを訳した。

「日本人のパスポートが欲しいって人がいるんだってさ。その人に涼子のパスポートを売ればいいお金になるから……涼子はただ、パスポートを落とすか盗まれたかしたって届ければいいだけだって」

「そんなこと、できるわけないじゃない」

涼子は思わず叫んだ。

「おれにいわないでよ。おれはただこいつの言葉を通訳してるだけなんだから」

アセンが口を尖《とが》らせた。王唯が拳《こぶし》でアセンの脇腹を突いた。アセンは脇腹を押さえて呻《うめ》いた。王唯がなにかをいった。アセンは呻くのをやめてうなずいた。北京語でなにかをいった。王唯は表情のない顔を涼子に向けた。口を開いた。

「友達のためだったら、それぐらいできるだろう」アセンが王唯の言葉を訳した。「涼子も損しないって」

涼子は唇を嚙《か》んだ。視線を膝《ひざ》に落とした。パスポートがどんなことに使われるのかは容易に想像ができた。そんなことに加担はしたくなかった。だが、蒼醒《あおざ》めたミーナの顔が脳裏から離れなかった。

「少し考えなきゃ……もし、パスポートを渡すとしたら、いつまでに持ってこなきゃならないのかな？」

涼子はアセンにいった。アセンは王唯に話しかけた。

「今夜だ」

王唯は簡潔にいった。取りつく島もないという口調だった。

「そんな……無理よ」

「でも、涼子。そうしないと、医者の居場所、教えてもらえないよ。こいつらマフィアなんだよ。人助けなんかしてくれるわけないからさ」

アセンがいった。目尻《めじり》に涙が浮かんでいた。王唯に小突かれた脇腹をさすりつづけていた。

「でも――」

涼子のか細い声は王唯の声にかき消された。

「いやなら別にかまわないってさ」アセンが英語でいった。「涼子の友達がどうなろうが知ったことじゃないからって。決めるのは涼子だって」

涼子は唇を舐《な》めた。王唯の顔を見た。冷たい目が見返してくるだけだった。懇願が通じるような相手ではなかった。情に訴えても無駄だった。目の前にいるのは人間の形をした人間以外のなにものかだった。

「わかりました」涼子はいった。「パスポート、持ってきますから」

意思とは無関係に口が動いていた。アセンが唖然《あぜん》とした顔で涼子を見た。

## 7

「涼子、マジ？」

アセンがいった。もう、何十回と繰り返された質問だった。涼子はアセンの問いを無視した。視線を窓の外に向けた。タクシーは小滝橋通りから早稲田《わせだ》通りに入ったところだった。涼子のアパートがある中野には数分で到着する。

見慣れているはずの街の夜景がいつもと違って目に映っていた。輪郭がぼやけている。どこかが歪《ゆが》んでいる。

大久保に通うようになって、三年以上の月日が経っていた。いろんな人間と交流があった。中には、あいつとは関《かか》わりを持つなと複数の人間から忠告を受けるようなものもいた。さまざまなことを頼まれ、傷つき、倦《う》むようになってきた。それでも、大久保に行くのをやめられなかったのは楽しかったからだった。危険を感じなかったからだった。喧嘩《けんか》はよくあった。だれかがだれかを刺したという話もよく聞いた。だが、自分自身に危険が忍び寄ってくる気配は微塵《みじん》もなかった。アジア人たちに囲まれてはいても、そこは日本だった。紛れもなく日本だった。

だが——今夜ですべては暗転した。平和だと思っていた場所には鮫《さめ》のような人間たちが潜んでいた。今まではそれに気づかなかっただけだった。涼子は、自分が侮蔑《ぶべつ》している日本人となんら変わらなかった。

「ねえ、涼子」

アセンが焦れた口調でいった。

「うるさいわね、わかってるっていったでしょう」

涼子は顔を歪めていい放った。

「だけど涼子、あいつら、マフィアなんだよ」

アセンは泣きそうな顔をしていた。

「それもわかってる。そんな顔しないでよ」

パスポートを渡す——犯罪に加担する。恐ろしかった。不安だった。自分が信じられなかった。このまますべてを忘れてしまおう——そう思うたびに、蒼醒めたミーナの顔を思いだした。

「なんでこうなっちゃったのかな……」

涼子は呟《つぶや》いた。

8

丁果は貧相な男だった。医者には見えなかった。王唯の手下が丁果を連れてきたときは、騙《だま》されたのだと思った。世界観が一八〇度変わるような葛藤《かっとう》の末にパスポートを差しだしたというのに、体《てい》よく裏切られたのだ、と。

だが、丁果は正規の資格を持った医者だった。北京の大学を出ているといった。上海で開業医をしていたといった。中国で医者をするより、日本に来て働いた方が金になるといった。

丁果はミーナを診察していた。涼子とアセンはそれを見守った。

ミーナの胸ははだけられていた。ミーナの胸には張りがなかった。適度に脂肪が乗って滑らかだった肌は干からびているように見えた。ミーナは瘦《や》せていた。瘦せ細っていた。死にかけていた。

聴診器もペンライトもなかった。丁果は人差し指と中指の二本の指で、ミーナの身体《からだ》のあちこちを触診した。ミーナは苦しそうに呼吸するだけだった。涼子はアセンの手を握った。アセンが握り返してきた。

おもむろに丁果が立ちあがった。ミーナの身体に丁寧に布団をかぶせた。昏《くら》い目をアセンに向けた。顎《あご》をダイニングの方にしゃくった。涼子とアセンは部屋を出た。丁果がついてきた。

「どうなの？」

涼子はアセンに訊《き》いた。アセンは北京語で丁果に質問した。答えが返ってきた。アセンの肩が震えた。もう一度、アセンは質問した。悲鳴のような声だった。丁果は静かにそれに答えた。

「どうなってるのよ、アセン？」

アセンが振り返った。アセンの顔はミーナの顔と同じように蒼醒めていた。

「アセン？」

「ちゃんと診察したわけじゃないから確かなことはいえないけど、たぶん、癌だって」アセンはいった。「今すぐにでも病院に連れて行かないと、ミーナ、死んじゃうってさ」

涼子はアセンの腕に縋《すが》りついた。それでも、膝から力が抜けた身体を支えることができなかった。涼子は床にくずおれた。心臓が不規則に鳴っていた。

「嘘……」

絞りだすようにいった。

「どうする、涼子？」

アセンがいった。涼子は首を振った。なにも考えられなかった。

## 9

涼子はリサの携帯に電話をかけた。リサはすぐに出た。

「リサ？　涼子よ」

「ミーナ、どう？」

「お医者さんに診てもらったの」

「それで?」

「癌だって。早く病院に連れて行かなきゃ、手遅れになるかもしれないって」

返事はなかった。

「リサ? 聞こえてる?」

返事はなかった。しばらく間を置いて、嗚咽《おえつ》が聞こえてきた。リサの泣き声はいつまでたってもやまなかった。

## 10

朝の陽射しがカーテンの隙間から差し込んでいた。

涼子は麦茶を飲み干して腰をあげた。

「じゃあ、リサ、行こう」

「うん」

リサも腰をあげた。リサの顔はやつれていた。眼窩《がんか》が落ちくぼんでいて美人が台無しだった。涼子の顔も大差なかった。ふたりで、夜通しミーナを看病した。看病しながら、何度も話し合った。

涼子には五十万の貯金があった。リサにはまだタイに送金していない稼ぎの残りが四十万円あった。涼子が三十万、リサが二十万を出すことになった。その金を当座のミーナの入院費に充てることにした。ふたりとも憔悴《しょうすい》しながら、銀行が開く時間が来るのを待っていた。

「ミーナ、すぐ戻ってくるからね」

部屋を出る前にミーナに声をかけた。返事はなかった。涼子とリサは顔を見合わせた。お互いに首を振り、ドアを閉めた。階段を降りるときに、リサがよろめいた。その拍子に赤いヒールが折れた。不吉な予感が涼子の胸をかすめた。

「だいじょうぶ、リサ？」

涼子はリサに手を貸した。リサは憮然《ぶぜん》とした表情で両足のヒールを脱いだ。

「平気よ、こんなの」

リサはヒールを階段の下に投げ棄てた。裸足《はだし》で階段を降りはじめた。

「子供のときは裸足でいることの方が多かったんだから」

そういって笑った。無理のある笑顔だった。涼子はなにもいわなかった。

新大久保の駅前で貯金をおろした。三十万。前金として渡せば、医者も文句はいわない額だった。

「わたし、夜になったらちゃんとお金用意するから」

リサがいった。リサの金は台湾人が経営する地下銀行に預けてあった。地下銀行は昼過ぎにならないと金を引きだせなかった。

「気にしなくていいよ、リサ」

涼子はいった。リサの腰に手を回した。リサも同じように涼子の腰に手を回した。お互いに支えあうようにしてミーナのマンションに戻った。リサは裸足のままだった。

「ミーナ、だいじょうぶよね」

リサがいった。声が濡れていた。

「だいじょうぶよ。わたし、ミーナのためにパスポートまで取られたんだから。これでだいじょうぶじゃなかったら、許さないわよ」

涼子はわざと明るい声を出した。リサの気分につきあっていると、涙が零《こぼ》れ落ちそうだった。

マンションの階段をあがった。捨てたばかりのリサのヒールが消えていた。

「あんなもの、だれが持って行くのよ」

リサが吐き捨てるようにいった。

「修理して売るつもりなのかしら」

涼子はいった。

ミーナの部屋のドアを開けた。

「帰ってきたよ、ミーナ。これから病院に行こう」

靴を脱ぎながらミーナに声をかけた。返事はなかった。涼子とリサはダイニングを横切った。奥の部屋に入った。蒸し暑い空気が澱《よど》んでいた。ミーナは布団にくるまれたまま、目を閉じていた。

「ミーナ、辛《つら》いだろうけど、起きて。病院に行くのよ」

リサが声をかけた。ミーナは起きなかった。

「ミーナってば」

涼子はベッドの傍らにたった。掛け布団に手を伸ばした。その手が宙で凍りついた。

「ミーナ？」

返事はなかった。

「ミーナ!?」

涼子はミーナの口に顔を近づけた。ミーナは息をしていなかった。

「冗談やめてよ、ミーナ」

涼子はミーナの身体を揺すった。反応はなかった。ミーナは死んでいた。

身体を震わすような悲鳴が聞こえた。リサだった。リサはミーナの身体にしがみついた。

身をよじって泣きはじめた。

涼子は呆然《ぼうぜん》と立ち尽くした。

# 聖誕節的童話《クリスマス・ストーリー》

# 0

「ここでおとなしくしてろ、馬鹿野郎が」

頭の後ろで上海訛《なまり》の北京語が聞こえた。一方《イーファン》は尻《しり》を蹴飛《けと》ばされた。コンクリートが剝《む》きだしの冷たい床の上に転がった。

「哲大哥《ヂョーダーガー》のシマを荒らしやがって、ただで済むと思うなよ、福建の田舎野郎だからって容赦はしねえからな」

裸電球の明かりが叫ぶ男の顔を照らしていた。男の顔は赤かった。目が吊《つ》りあがっていた。唇の端に唾《つば》が溜《た》まっていた。

「頼むよ、大哥。悪気はなかったんだ。あんまり玉が出るから、つい――」

一方は足を畳んで床に座り、男に頭を下げた。裸電球に一瞬照らされた顔は、あちこちが変色し、腫《は》れあがっていた。右目はほとんどふさがっていた。言葉には福建訛があった。

「ふざけんじゃねえ」男が怒鳴った。「何日も前に、あの辺りでおまえを見かけたやつがいるんだ。最初から狙ってたのはわかってんだよ、阿呆《あほう》」

ドアが閉まる——明かりが消える。

部屋は闇に包まれた。一方はドアに飛びついた。両手をドアに叩《たた》きつけた。

「おい、おれの話も聞いてくれ。悪気はなかったんだ。本当だよ。ちょっとだけ金を稼がせてもらって……それだけのつもりだったんだ。シマ荒らしをしようなんて気持ちはこれっぽっちもなかったんだ。おい、聞いてるのか？」

返事はなかった。一方の声は虚《むな》しく闇に吸い込まれるだけだった。

「だれかいねえのかよ。おい、聞こえてんだろう？　返事ぐらいしろよ」

一方は故郷の言葉で叫んだ。

「ちったぁ静かにしろよ、若いの。うるさくて眠れやしねえじゃねえか」

一方は振り返った。一方が生まれた地方の言葉——闇の一角でなにかが動いた。一方は目をこらした。闇が影になり、影は人の形になった。声の主は部屋の隅で身体《からだ》を横たえていた。

「あ、あんた、いつからそこにいるんだ？」

「さあな、いつからいるのかな……」

男は身体を起こした。闇の中でも、男の口が白い髭《ひげ》に覆われているのがわかった。

「福建の家族が金を送ってくれりゃ、ここを出られることになってるんだが、とんと音沙汰《おとさた》がねえ。たぶん、おれは見捨てられたんだろう……ずっとここに閉じ込められて、そのうちくたばるだけだ。最初のころは、日付を数えてはいたんだがな、もう、諦《あきら》めちまったよ。林哲《リンヂョー》って野郎は、容赦ねえことで有名だからな」

一方はその場にへたり込んだ。

「お、おれもここにずっと閉じ込められたままで終わるのか？」

「さてな、そりゃあ、おまえがなにをしたかによるぜ。玉がどうのこうのといってたが、もしかして、林哲たちが裏ＲＯＭ忍び込ませた台で打ったのか？」

一方はうなずいた。中野のパチンコ屋――おもしろいように玉が出た。二、三万分の玉が出たらやめるつもりだった。玉が出すぎて調子に乗った。気がつくと、三人の男に囲まれていた。

「なにか答えろよ」

男がいった。一方は顔をあげた。男の顔は闇に溶け込んでいる。うなずいたところで、相手に見えはしない。

「ああ」

一方は小さな声で答えた。

「馬鹿なことをしたもんだな。間違えて座ったんならともかく、おまえ、見張ってるところを見られてたんだろう。腕の一本を叩き折られるぐらいですみゃあいいが、下手をすりゃ、落とし前をつけろってことになるぞ」

「落とし前って、なにをやらされるんだ?」

「金だよ。決まってるだろう。てめえが払えねえんなら、身内に払わせろ……それがおまえ、東京の流氓《リウマン》のルールだ」

流氓——やくざやチンピラをいい表わす北京語。

「おれに身内はいねえ」

一方は目を閉じた。瞼《まぶた》に淑絹《シユージユエン》の顔が浮かんだ。

「だったら、目玉や腎臓《じんぞう》を切り取られる方だな。けっこういい値段で売れるらしいぜ」

一方は耳を塞《ふさ》いだ。男の声をこれ以上聞きたくはなかった。

「しかしよ、せっかく日本に来たってのに、なんだって流氓のあがりを掠《かす》めるような真似をしでかしちまったんだ? 言葉からすりゃ、おまえも福建の人間だろう? 真面目に働けばよ、四、五年もすりゃ、故郷に家を建てて商売をはじめるぐらいの金は貯まるんだ。若いもんは我慢が足りなくていけねえよ」

耳を塞いでいても男の声は聞こえた。

「うるせえ、余計なお世話だ。あんただって、ろくでもねえことをしでかしたからこんなところにいるんだろうが」

一方は吐き捨てるようにいった。男が乾いた笑い声をあげた。

「違いねえ。こいつは、やられたな」

男はそういって、歌を歌いはじめた。福建の民謡だった。

一方は顔を背けた。捨てた故郷の歌の哀切なメロディ——郷愁と後悔に襲われた。

どうしてこんなことになっちまったんだ——声に出さずに呟《つぶや》いた。

四年前、おれのまえには薔薇《ばら》色の未来が開けていた。死ぬような思いをして辿《たど》りついた日本は光り輝く国だった。赤坂の中華レストランに職を得て、金を貯めた。蛇頭に払うための作った借金も、二年も働けば返済できる目処《めど》がついた。借金を返し終えれば、あとは自分のための金を貯めるだけだった。

だから、淑絹を呼んだ。日本は黄金の国だ。日本に来れば、おまえに美味《おい》しいものを食べさせてやれる。綺麗《きれい》な服だって、指輪だってなんだっておれが買ってやる。

淑絹は手紙を読んだ。日本に飛んできた。蛇頭に払う金は両親が用意してくれた。信じられない金額だったと淑絹はいった。

そんな金、屁《へ》でもないさ——一方はいった。ふたりで力を合わせて働けば、そんな金、すぐに返せる。それを聞いて、淑絹は輝くような笑みを浮かべた。

あれはたった二年前のことだ。たった二年で、なにをどうすればこんなにも変わってしまうのか。

涙が目尻《めじり》に溢《あふ》れた。一方は目をこすった。痛みに呻《うめ》いた。殴られた痕《あと》は熱を持っていた。鈍い痛みが顔中を覆っていた。

パチンコ屋から連れだされ、気絶するまで殴られた痕——痛みは恐怖を思い起こさせる。まさか、命を取られることはないだろうと高をくくっていた。間違いだったのかもしれない。男のいうように、金の代わりに身体の一部を切り取られるのかもしれない。

「おい、若いの」

男の声がした。いつの間にか、男は歌うのをやめていた。

「今日は何日だ？」

「十二月二十四日だよ」

一方は答えた。

「聖誕夜《クリスマスイヴ》じゃねえか……可哀想にな。おまえ、女はいねえのか？　おまえを待ってる女はよ」

一方は答えなかった。男に背を向け、冷たい床に身体を横たえた。

淑絹、淑絹、こんなはずじゃなかったんだ。おれとおまえは幸せになるはずだった。こんなはずじゃなかったんだ。

目を閉じる。瞼に浮かぶ淑絹――淑絹は顔を歪《ゆが》めていた。唇を尖《とが》らせて一方を詰《なじ》っていた。険のある顔つき――福建にいたときの、日本に来たときの面影はない。

かつて、その顔は輝いていた。喜びに満ちた美しい顔はいつも一方に向けられていた。

どうしてこんなことになっちまったんだ？――一方はもう一度呟いた。

# 1

淑絹、元気か？　おまえの父さんや母さんはどうしている？　相変わらず小うるさくしているのか？

おれは相変わらず赤坂の店で働いている。真面目に働いたせいか、先月、給料をあげてもらった。おかげで、日本に来るために作った借金も、あと一年ぐらいで返せる目処がついた。借金を返し終わったら、あとは自分のために働くだけだ。

日本は素晴らしい。こっちに来る前は、日本も不景気で、昔のようには稼げないと聞かされて不安だった。だが、淑絹、心配は無用だった。日本は確かに不景気だそうだ。それでも、福建の一万倍も豊かな国だ。おれが毎日皿洗いをして稼ぐ金額を聞いたら、おまえの両親は卒倒するだろう。福建の山奥で一人前の男が汗水垂らして一年間で稼ぐ金をおれはたったの三日で稼ぎ出している。

東京は大都会だ。ここに比べれば、きっと北京も上海も、香港だって見劣りがする。おれは先日、休みをもらって新宿にいった。新宿は世界一の繁華街だ。真夜中なのに光が煌《きら》めいて、まるで真昼のようだった。世界中の人間が集まっていて、世界中の食い物と酒がある。

ああ、淑絹。おまえに新宿を見せてやりたい。まるでダイアモンドを埋め込んだような街なんだ。新宿だけじゃない。渋谷《しぶや》、原宿、池袋、六本木、銀座。東京には新宿のような場所がいっぱいある。毎日が天国で暮らしているみたいだ。もちろん、いいことばかりじゃない。食い物も服も、東京ではなにもかもが目の玉が飛び出るほどの金を取られる。あんな高い物を日本人はよく平気で買えるものだと思うほどだ。だが、物が高い分、この国では給料がいい。

淑絹、聖誕節《ションダンジエ》というのを聞いたことがあるだろう？　西洋人たちの祭だ。キリストとかいうやつが何百年も前の十二月二十五日に生まれ、それを祝うための祭だ。日本人も聖誕節を祝う。どうしてかは聞くなよ、おれにもわからないんだから。とにかく、日本人も聖誕節を祝う。

淑絹、東京は夏の間も光り輝いている。だが聖誕節が近づくと、もっと光り輝くんだ。街中の木に電球がぶらさがって、目を開けていられないぐらいの光を放つ。人々は着飾って街に繰りだし、キリストの誕生を祝ってうまい物を食い、うまい酒を飲む。そして、愛する人に素敵な物を贈りあうんだ。

心が躍らないか、淑絹？　東京に来たくはないか？　おまえがこっちに来てくればおれは嬉《うれ》しい。おまえと一緒に聖誕節を祝えれば、これほど素晴らしいことはない。父さんと母さんを説得しろよ、淑絹。日本は黄金の国だ。蛇頭に払う金で作る借金なんて、二年で返せる。おれとおまえで力を合わせて働けば、おまえの父さんと母さんに家を買ってやることもできる。

淑絹、淑絹、日本は凄《すご》い国だ。東京は素晴らしい。おまえがそばにいれば、もっと楽しくなるだろう。東京に来いよ、淑絹。ふたりで暮らそう。ふたりで働こう。ここにくれば、おれたちの未来は薔薇色だ。約束するよ、淑絹。

†

一方、いとおしい一方。

吉報よ。父さんが、日本に行かせてくれるって。

わたしも、ダイアモンドを埋めこんだような街を見られるのよ。あなたと一緒に聖誕節を祝えるのよ。

今すぐにでも飛んで行きたいけど、日本に向かう船は三ヵ月先まで満杯なんですって。

わたしが船に乗れるようになるのは冬だわ。聖誕節に間に合うかしら?

一方、わたし、待ちきれないわ。東京に行きたい。あなたに会いたい。必ず行くから待ってて。約束よ。他の女と浮気なんかしたら許さないんだから。

†

淑絹が日本に来たのは十二月の頭だった。一方は店に休みをもらい、部屋で待っていた——蛇頭からの連絡を。部屋は新たに借りたものだった。それまで、福建出身の連中と六畳一間のアパートを共同で借りていた。風呂《ふろ》付きのアパートは家賃が六万。同居人は一方をいれて六人。それぞれが毎月一万円を出しあった。

引っ越したのは、淑絹のためだった。淑絹と一緒に暮らすためだった。淑絹からの連絡を待つために、無理をして携帯電話を買った。不法入国者の一方には正規の携帯電話を買うことができなかった。歌舞伎町の流氓《リウマン》から買った携帯電話は法外な値段がした。

携帯電話が鳴ったのは真夜中近い時間だった。

「一方？」

「淑絹、無事だったのか？」

「無事なんかじゃないわ。聞いてよ、一方。とんでもなくおんぼろの船に乗せられたのよ。物凄く揺れるし、外には出してもらえないし、食事は動物の餌みたいなのしか食べさせてもらえないのよ。トイレだって狭い船室でしなきゃならないから臭くて臭くて、それに、わたしの横にいた男が寝ぼけた振りをしてわたしの身体《からだ》を触るのよ。信じられないわ。わたし、物凄い大金を払ったのよ。それなのにこんな仕打ちを受けるなんて――」

「淑絹、淑絹」

「なによ、最後まで話させてよ。大変だったんだから。辛かったんだから――」

「おれも同じ思いをして日本に来たんだからよくわかるよ。それより、淑絹、いま、どこにいるんだ？」

「蛇頭のやつは赤羽っていってたわ。信じられる。何日も船に揺られて、やっとたどり着いたと思ったら、今度はトラックの荷台に詰め込まれて、何時間も走り続けて、ここで放りだされたのよ。なんのために大金払ったと思ってるのよ」

「淑絹、迎えに行くから、そこを動くな」

一方は部屋を飛び出した。生まれて初めてタクシーに乗った。

†

タクシーの運転手にいって、新宿に向かった。淑絹は疲れていたが、どうしても新宿を見たいといった。光り輝く国に辿《たど》りついたということを実感したいのだといった。

歌舞伎町はいつもの夜と同じように輝いていた。

淑絹の目も輝いた。

「本当だわ、一方。あんたのいうとおり、ここはダイアモンドで飾りたてられた街よ。素敵。わたし、これからは毎日この明かりを見て暮らせるのね」

淑絹は一方に抱きついた。一方は淑絹の唇を貪《むさぼ》った。

†

淑絹の仕事はすぐに決まった。一方が働いている店の店主が探してくれた。

おまえの許嫁《いいなずけ》なら、おまえと同じ働き者だろう――店主はそういってくれた。

水商売だけはやらせたくないんです――一方がいうと、店主は微笑んだ。

神保町《じんぼうちょう》にある上海料理店のウェイトレス。淑絹はお仕着せのユニフォームを見て喜んだ。実際に働きに出て、こんな楽な仕事はないといって喜んだ。

日本語ができないからよく叱られるけど、故郷じゃ、畑仕事を手伝わされていたのよ、あれに比べたらどうってことないわ。

朝から晩まで働き、夜は愛しあった。二年ぶりに抱く淑絹の身体は素晴らしかった。淑絹の初めての休みの日には、ふたりで表参道に出かけた。

街路樹のイルミネーションを見た淑絹は目に涙を浮かべた。

「凄いわ、一方。こんなの、見たことがないもの。凄い光。凄い人」

「一晩中輝きつづけてるんだ。これを見るために、日本人だってわざわざ遠くからやってくるんだぜ」

「わたし、あんたの手紙読んだとき、信じられなかったわ。そんな場所があるもんかと思ったの。一方、いつもいうことが大袈裟《おおげさ》だったから、今度もそうなんだって思ってた。だけど……だけど、本当だったんだ」

一方は淑絹の頰にキスをした。

「だれだって信じられないさ。おれだって、初めてここに来たときはど肝を抜かれたよ。ほら、おれ、一度だけ北京にいったことがあっただろう？　北京も大都会だけど、夜になると真っ暗だった。だけど、ここじゃ街の至る所が光り輝いてるんだ」

「ねえ、一方。今でもこんなに凄いのに、聖誕節になったらどうなるの？」

「これの百倍は凄いことになる」

一方は胸を張って答えた。

「信じるわ、一方。もう、あんたのいうこと、疑ったりしないから」

「日本人は、聖誕節の前の日に大騒ぎをするんだ。英語でクリスマスイヴっていうんだけどな……その日は稼ぎ時だから店を休むことはできないけど、店が終わったあとで、新宿に行こう。それで、夜通し騒いで過ごすんだ」

「待ちきれないわ」

「あと一週間だよ。それぐらい、待てるだろう」

†

クリスマスイヴの新宿。真夜中を過ぎて、さすがに人の数は少なくなっていた。それでも、眩《まばゆ》い無数の光が街路を照らしている。

千鳥足の酔っ払いたち。着飾ったホステスたち。サンタクロースに扮《ふん》した客引きたち。

職安通りから区役所通りを靖国《やすくに》通りに向かって歩いた。東通りを折り返して、またさくら通りを靖国通りまで。靖国通りを駅に向かい、セントラルロードを練り歩いた。

淑絹は興奮していた。目は輝き、頬は紅潮していた。この日のために用意しておいたという服を着ていた——野暮ったかった。それでも、淑絹の興奮を鎮めることはできなかった。

コマ劇場の前には若者が群がっていた。肩を寄せ合う恋人たち。道端に座りこんでギターをかき鳴らす若者たち。酒に酔って奇声をあげる連中。真冬だというのに、その一角には真夏のような熱気が漂っていた。

「凄《すご》いわ」

淑絹はつぶやく。日本に来てから〝凄いわ〟が口癖になっていた。

「テレビでしかみたことがないけど、まるで天安門広場みたい」

「天安門の方が何十倍も広いけど、凄さでいったらこっちの方が何百倍も凄いよ」

淑絹が日本の豊かさを誉め称《たた》えるたびに、自分が褒められているような気分になった。

「一方、わたし、日本に来て本当によかった。あんたが先に日本に行ってて本当によかった。あんたがいなかったら、お父さん、許してくれなかったもの。ひとりだけだったら、わたし、途方に暮れていたもの。ここはなにもかもが輝いているわ。福建とは大違い。だけど、眩《まぶ》しすぎて目を開けていられないぐらい。あんたがそばにいてくれないと、道に迷ってしまいそう」

「気にすることはないさ、淑絹。ふたりで力を合わせれば、怖いものなんかなにもない」

「ねえ、あの人たちはなにを歌ってるの？」

淑絹はギターをかき鳴らしている若者たちを指差した。十二月に入ってからよく耳にするようになった歌——クリスマスソング。陽気な行進曲。曲名はわからない。歌の意味もわからない。それでも、それが聖誕節を祝う歌だということはわかった。

淑絹にそのことを教えてやった。淑絹はその旋律を鼻歌で歌った。恥ずかしそうに笑った。あなたも歌ってよといった。一方は淑絹と一緒に鼻歌を歌った。楽しかった。

一方と淑絹は手を繋《つな》いで人ごみを縫い歩いた。歌舞伎町の終夜営業の中華料理屋で晩餐《ばんさん》を食べた。本当は西洋風のレストランに行きたかった——気おくれがした。ふたりで北京ダックを食べ、ワインを飲んだ。デザートには西洋風のケーキを頼んだ。

美味《おい》しい——淑絹はいった。何度も口にした。こんな美味しいものを食べたの、わたし初めてよ、高いんでしょう？

それほどでもないさ——一方は答えた。上着のポケットから小さな包みを取りだし、淑絹に渡した。

「これはなに？」

「手紙に書いただろう？　聖誕節の時には、みんな愛する人になにかを贈るんだ」

「わたしに？」

「そう、おまえにだよ、淑絹」

「どうしよう。わたし、あんたにあげるものがなにもないわ」

「おまえは日本に来たばかりでまだ金がないんだ。来年の聖誕節まで待つよ」

淑絹は包みを開けた。小さな箱が出てきた。箱の中には指輪——安物の指輪。

「素敵」

淑絹は指輪を嵌《は》めた。手を明かりにかざして指輪に見入った。

「高いんでしょう、これ？」

「まあな……」

一方は答えた。淑絹の喜びを無にしたくはなかった。

「ありがとう、一方」

「本当はもっと高いものを買ってあげたかったんだが、借金を返すまでは無駄づかいができないからな……それで我慢してくれ」

「我慢だなんて……わたし、こんな綺麗《きれい》なもの買ってもらったの初めてよ」

「来年の今ごろは借金も返し終わってる。そうしたら、今度は本物の金の指輪を買ってやるよ」

淑絹は顔をほころばせた。それほど嬉《うれ》しそうな淑絹の笑顔は後にも先にも見たことがなかった。

「あんたが手紙に書いてきたとおりだわ。わたしたちの未来は薔薇《ばら》色よ」

淑絹は一方の手を握った——強く握りしめた。

†

部屋に戻ったのは明け方近くだった。ふたりとも酔っていた。服を脱ぐのももどかしく愛しあった。

「これがわたしからのプレゼントよ」

淑絹はいって、一方のペニスを口に含んだ。

初めての経験だった。初めての快感だった。

すべてが薔薇色に見えた。

## 2

薔薇色の未来――色褪《いろあ》せるのは早かった。

最初の躓《つまず》きは、警察の影。春先に同じレストランで働いていた中華系のマレーシア人が出入国管理法違反で逮捕された。実際のところは、道を歩いていた警官に職務質問されただけだったが、護照《パスポート》を持っていない不法入国者には致命的だった。

入管の捜査があるかもしれないからしばらく店には来るな――店主はいった。

二週間の手持ち無沙汰《ぶさた》。店に戻ると、店主は済まなそうな顔をした。警察と入管に、今後、不法入国者は雇わないと約束させられたのだといった。

悪いが、おまえたちは馘《くび》だ、おれを怨《うら》まんでくれ――言葉の意味がわかるまでに時間がかかった。

それは困る――一方は食い下がった。馘にするなら、新しい仕事を世話してくれ。

店主は首を振った。今は締めつけが厳しいのだといった。おまえも知っているだろう、ここのところ、密入国船が相次いで見つかっている、警察も入管も神経を尖《とが》らせている、おまえたちを雇ってやりたいのは山々だが、そうすると、今度はおれたちの商売が潰《つぶ》される。

どうしてだ――一方はそれでも食い下がった。おれたちはなにも悪いことはしていないじゃないか、まじめに働いて金を稼いでなにが悪いんだ？

おかみには理屈は通じんのだよ――店主はいった。ヴィザを持たずに入国したというだけで、おまえたちはこの国では犯罪者なんだ。

一方はうなだれた。それ以上食い下がる気力が湧かなかった。

翌日から仕事探しに奔走した。割りのいい仕事はほとんどなかった。あるのはきつい肉体労働ばかりだった。背に腹は代えられず、その仕事に飛びついた。筋肉と骨が軋《きし》むような労働――福建にいたときと変わらぬ労働。日本人の親方は露骨に中国人労働者を差別した。金をピンハネした。文句をいうと仕事をもらえなくなった。

鬱屈《うっくつ》が溜《た》まった。ぶつける相手は淑絹しかいなかった。

夜ごとの諍《いさか》いがはじまった。

薔薇色の未来は確実に色褪せはじめていた。

†

二番目の躓き――博奕《ばくち》。
仕事にあぶれた仲間に誘われていった府中の競馬場。右も左もわからぬままに買った馬券が当たった。千円が五万円になった。調子に乗って馬券を買いつづけ、一日が終わったときには二十万以上の儲《もう》けになっていた。

こんなことで二十万もの大金が稼げる――働くのが馬鹿らしくなった。

その夜は、淑絹に服を買って帰った。前から欲しいといっていた服だった。五万円もした。それぐらい、すぐに取り戻せると思った。

淑絹は喜んだ。久しぶりに諍いのない夜――久しぶりの愛撫《あいぶ》。

薔薇色の未来が色鮮やかによみがえる――すべては幻影にすぎなかった。翌日から賭場《とば》通いがはじまった。

新宿には無数の賭場があった。仕切っているのは上海出身の流氓《リウマン》たちだった。客は中国人が大半で、ときどき、タイ人の顔が見えた。種目はミニバカラ。煙草の煙が立ちこめるマンションの一室。時間があっという間に過ぎていく。手持ちの金が確実に溶けていく。一週間を肉体労働に費やし、次の週には賭場に出かける。稼いだ金を失って家に戻る。諍いが再開される。

鬱屈が溜まっていく。

ある夜、男が部屋を訪ねてきた。

福建の関《グアン》家の使いの者だと男はいった。一方は血の気が引くのを感じた。借金返済の催促だった。

「このところ、返済が滞っているようだな」

男はいった。

「知り合いが結婚したりして、金が入り用なことが多かったんだ。関さんには申し訳ないと思っている。来月からきっちり返済すると伝えてくれ」

「関老板《ラオバン》は寛容なお人だから、一度ぐらい返済が遅れてもかまわないといっている。ただし、二度めは許さない。今度返済が遅れたら、関老板はそれなりのことをしなければ面子《メンツ》が立たなくなる」

「必ず返済します」

一方は頭を下げた。男が出ていくと、電話をかけまくった——金策。一方の博奕狂《ばくち》いは噂になっていた。金を貸すといってくれた人間はだれもいなかった。

†

金を貸すことはできないが、金を作る方法なら教えてやるといったやつがいた。

李承富《リチョンフー》——下っ端の流氓《リウマン》。賭場で知り合い、同じ李姓だということで話をするようになった。

金を作る方法とは、強盗になることだった。歌舞伎町の中国人クラブのホステスの跡を尾《つ》ける。住んでいる場所を確認する。男がいないことを確認する。バックに組織がついていないことを確認する。部屋に押し込み、金を奪う。

あいつらが警察に届けることはないんだから楽な仕事だ――李承富はいった。

一方は怖気《おぞけ》を震った。

だが、金がなかった。仕事もなかった。夜ごとの諍い――淑絹の一方を見る目つきが日ごとにきつくなっていく。

仕事がなくなってからすべてが悪い方向に回りだした。金があれば――。

おれにも一枚嚙《か》ませてくれ――一方はいった。

最初の押し込み――歯の根があわなかった。ほんの些細《ささい》なことにも神経がささくれだった。大塚のアパート。上海人の留学生。アルバイトにホステスをやっていた。知り合いを装って押し入り、包丁を突きつける。縛りあげて金の在り処《か》を吐かせる。留学生は百万近い金を貯めこんでいた。一方が金を数えている間に、承富は留学生を犯した。おまえもやるか、いい締まり具合だぞ――承富はいった。一方はかぶりを振った。百万のうち、七十万が承富の懐に消えた。一方には三十万――文句をいった。女を犯《や》れねえような奴にはそれで充分だとすごまれた。

二度目の押し込み――顫《ふる》えは消えなかった。だが、初めてのときよりはましだった。年増《としま》の上海女。毎晩、池袋のクラブから新井薬師前のアパートに寄り道もせずに帰っていた。

部屋には子供がいた。子供に包丁を突きつけると、女はあっさり金の在り処を吐いた。留学生と違って、女が貯めている金は少なかった——四十万。子供の目の前で承富は女を犯した。一方は子供に視線を向けることができなかった。承富は四十万のうちの三十万を懐に入れた。一方は文句をいった。女とやることもできない腰抜けがなにを吐《ぬ》かしやがる——承富はそういっただけだった。

三度目の押し込み——顫えは消えていた。目標は歌舞伎町のクラブに勤めている中華系のマレーシア女。部屋は曙橋。押し込み、金を奪う——普通の仕事と変わらなくなっていた。マレーシア女はなかなか金の在り処を吐かなかった。承富とふたりで交互に女を殴った。すぐに女は折れた。見つけた金は百五十万。承富は口笛を吹いた。女を犯した。一方も女を犯した。淑絹を抱くときとは違った興奮に身体を支配された。百五十万の分配——承富が八十万、一方が七十万。

三度の押し込みで、百万ちょっとの金が手に入った。それで、借金の返済はすべてカタがついた。余った金で淑絹にバッグを買ってやった。淑絹は指輪や服のときほど喜ばなかった。疲れているのだろう——一方はそう自分にいい聞かせた。

ツキが回ってきた気がした。目の前がまた薔薇《ばら》色に見えてきた。

だが、すべては幻想にすぎなかった。

四度目の押し込み——やることができなかった。承富の死体が大久保の公園で見つかった。風の噂に、押し込みの被害にあったふたりの女が、復讐《ふくしゅう》を上海系の流氓に依頼したのだと聞いた。

恐怖が舞い降りる。一方は部屋から出ることができなくなった。一方の様子を訝《いぶか》った淑絹に問い詰められた。

「あんた、いったいなにをしたのよ？」

最初はとぼけた——無駄だった。淑絹はなにかを確信しているようだった。どれだけの嘘を重ねても、淑絹を納得させることはできなかった。

一方は告白した——マレーシア女を犯したことはいわなかった。

「なんてことをしでかしたのよ？」

淑絹は冷たい目でいった。

「金が必要だったんだ」

一方は卑屈に答えた。

「このバッグもその金で買ったわけ？」

「そうだ」

「なによ、こんなもの」

淑絹はバッグを一方に投げつけた。金具が当たって額が割れた。それでも、一方には怒ることはできなかった。

「あんた、いったいどうなっちゃったのよ？」

淑絹の目には涙が浮かんでいた。

「去年の聖誕節、覚えてる？」

一方はうなずいた。

「わたし、とても嬉《うれ》しかったわ。生まれてからこの方、あんなに楽しかった日はなかったわ。でも、あれだけよ。あの時から、楽しかったことなんか一度もないわ。あんたは仕事をなくして、博奕に狂うようになって、揚げ句の果てに、今度は泥棒？」

「悪かった」

「あんたがわたしに送ってくれた手紙の内容、覚えてる？」

一方はうなずいた――それしかできなかった。

「日本は黄金の国だ、ふたりで力を合わせて働けば、わたしたちの未来は薔薇色だって、あんた、約束してくれたわ。あれ、全部でたらめだったの？」

一方は首を振った。

「でたらめなもんか。あの時は本気だった。本気でおまえを幸せにしてやるつもりだった。

今だってその気持ちは変わらないぜ。ただ、ちょっとばかり風向きが悪くなってるんだ。それだけなんだよ、淑絹」

一方は泣いた。自分が情けなかった。それを見て、淑絹がさらに泣き喚《わめ》いた。

ふたり揃って泣きつづけた。涙が涸《か》れたあとは抱きあった。

「淑絹、おれが悪かった。これから心を入れ換えるよ。真面目にこつこつ働いて、それで金を貯めるんだ。去年の聖誕節のことを覚えてるか？」

「ええ、覚えてるわ。忘れるわけがないもの」

「おれはおまえに約束したよな。今年の聖誕節には金の指輪を買ってやるって。約束を守るよ。今から一生懸命働けば、それぐらいの金を貯めることはできるからな」

「約束よ、一方。わたし、あんたを信じる。でも、今度約束を破ったら、その時は知らないから」

久しぶりの愛撫《あいぶ》——お互いにお互いを貪《むさぼ》りあった。

薔薇色の未来がよみがえる。よみがえっては消え失《う》せる。

数日後、淑絹が食べたものを吐いた。もぐりの医者に淑絹を見せた。妊娠三ヵ月だと医者はいった。堕《お》ろすなら今のうちだぞといった。それを聞いて淑絹は号泣した。だれにも淑絹を止めることはできなかった。だれもが淑絹の涙の意味を理解していた。

子供を産むのなら、淑絹は仕事を休まなければならない。頼みの綱の一方には職がない。職を得る術《すべ》もない。

堕胎手術――子供と金が消えた。淑絹の顔から笑顔が消えた。

「あんたのせいよ。あんたが天に唾《つば》するようなことをしたから、天罰がくだったのよ」

淑絹は冷たい声でいった。

†

一方は仕事を探した。仕事はなかった。博奕《ばくち》狂いの強盗――噂が広まっていた。東京の中華社会で、一方の名は泥にまみれていた。まともな仕事先は相手にもしてくれなかった。途方に暮れて、かつて働いていたレストランの店主を訪ねた。店主は怒りに顔を歪《ゆが》めていた。

「おまえが流氓《リウマン》になるとはな、おれの面子《メンツ》は丸つぶれだ」

店主はいった。

「申し訳ありません」一方はひれ伏した。「これからは心を入れ換えます。生まれ変わったつもりで真面目に働きますから、なんとか仕事を世話してください。このままじゃ、女房にあわせる顔もないんです」

「今さら遅いわ」店主はいった。「だいたい、仕事をくれといってもな、上海の流氓たちがおまえを探してるんだぞ。連中に見つかれば、仕事どころじゃないだろう」

一方はうなだれて店主のもとを去った。店を出ると男たちに囲まれた。

「おまえが李一方か？」

上海訛の北京語――一方は卒倒しそうになった。出てきたばかりの店を振り返った。密告された――歯嚙《はが》みしても手遅れだった。

両脇を挟まれ、車に連れ込まれた。

「なんでこんな目に遭わされてるか、わかるか？」

最初に話しかけてきた男がいった。一方はうなずいた。今さら嘘をついても通じるとは思えなかった。

「李承富は死んだ。おれたちが殺した。女の家に押し入って金を盗むなんぞ、豚野郎のすることだ。おまけにあいつは女たちを犯した。殺されて当然だ」

「お、おれは……」

「おまえは女たちに手を出しちゃいないそうだな。だから、殺すのだけは勘弁してやる」

一方は天に感謝した。女に手を出したのは三度目のマレーシア女――上海人には関係がない。

「李承富は金を持ってなかった。女たちから盗んだ金を、利子をつけておまえが返すんだ」

「り、利子っていったいいくらぐらい払えば……？」

「おまえと李承富が盗んだ金はぜんぶで百四十万だ。二百万払え。そうすれば、命だけは助けてやる」

「無理ですよ、そんな大金。おれには仕事もない」

「おまえには女がいるだろう。若い女は金になる。いくらでも稼ぐことができる」

男はいった。

†

「いやよ」

淑絹はにべもなく答えた。

「頼む、淑絹。金を払えなきゃ、おれは殺されるんだ」

一方は頭を床にこすりつけた。

「自業自得じゃないのよ。あんた、わたしから赤ん坊を奪い取っただけじゃ足りなくて、淫売《いんばい》の真似をしろっていうの？」

「頼む。おれを助けてくれ」

一方は懇願した。懇願しつづけた。

二日で淑絹は折れた。冷たい視線。吊《つ》りあがった唇。故郷の山に吹きつける風を思わせる声。

「いいわ。やってやるわよ。お金になるんですもんね」

「ありがとう、淑絹」

「なにがありがとうよ。自分の女に他の男と寝ろと頼むなんて、あんたには男の面子ってものがないの？」

一方は口を閉じた。唇をきつく嚙んだ。

「わたしもとんだ詐欺師に見込まれたもんだわ。なにが黄金の国よ。なにが薔薇《ばら》色の未来よ。あんたと知り合ったせいで、わたしの人生はめちゃくちゃよ。いったい、なんの権利があって、あんたはわたしの夢を奪えるのよ？」

淑絹は目に涙を浮かべた。一方は淑絹を抱きしめようとした。淑絹は背中を向けて一方を拒絶した。

薔薇色の未来——泥にまみれた現実。

次の日から、淑絹は歌舞伎町の中国クラブに勤めだした。客の酒の相手をし、乞《こ》われれば褥《しとね》を共にする商売。

二百万を流氓に支払った後も、淑絹は店をやめなかった。

「わたしにも返さなきゃならない金があるのよ。あんたを頼っててもどうにもならないし、どうせ汚れた身体《からだ》なんだから、もう一稼ぎさせてもらうわ」

淑絹は毎朝、泥酔して帰ってくるようになった。酔った淑絹は一方に罵声《ばせい》を浴びせた。一方は最初のうちは耐えていた。度重なって、我慢の限界を越えた。罵声を浴びせてくる淑絹に罵《のの》り返した。

怒鳴りながらのとっくみあい。

ふたりの間は荒《すさ》み、壊れた。それでも別れることはなかった。離れることはできなかった。

淑絹は一方に見せつけるように浪費をはじめた。高い服にアクセサリー。

二度目の聖誕節——淑絹は自分で買ったプラチナの指輪を一方に見せつけながらいった。

「金の指輪を買ってくれるっていう約束はどうなったのよ？」

一方は淑絹を殴りつけた。

仕事はなかった。たまに仕事にありついても、最低の仕事でしかなかった。一日中働きづめた揚げ句、雀の涙のような金しかもらえない。

賭場《とば》に出入りし、なけなしの金を賭《か》けては借金を増やした。その度に淑絹に無心した。淑絹は一方を罵倒した。一方は淑絹を殴った。

淑絹の酒量は目に見えて増えていった。

「あんたのせいよ」

そういって、淑絹は浴びるように酒を飲んだ。目には険があり、荒んだ暮らしが肌から張りを奪った。

淑絹は二十五歳だった——化粧をしなければ三十五歳のように見えた。化粧をすると二十八歳に見えた。客が淑絹から離れていった。夏になると、だれも淑絹を指名しなくなった。淑絹は店を馘《くび》になった。

屈辱と落胆と絶望——淑絹は自暴自棄になった。街角で男を誘い、酒では埋めきれないなにかを覚醒《かくせい》剤で埋めるようになった。

淑絹は痩《や》せていった。かつては輝いていた淑絹のすべてが、今はすっかり色褪《あ》せていた。薔薇色だったはずの未来のように。

一方はそんな淑絹から金を奪った。そんな淑絹を口汚く罵った。自分のせいだということはわかっていた。だが、それを認めることはできなかった。

「てめえ、いい加減にクスリはやめろ。自分の身体、見たことがあるのか？　まるで婆あじゃねえか。クスリをやめなきゃ、そのうち客を取ることもできなくなるぞ。それどころか、このままだと確実にくたばっちまう」

「蛆虫《うじむし》がなにいってんのよ。わたしがいなきゃ、あんたなんかとっくにくたばってたくせに……だれのせいでこうなったと思ってるのよ？　わたしが好きでこんなことしてると本気で思ってるの？」

そういって、淑絹は周りにあるものを手当たり次第に一方に投げつけた。

一方は耐える——耐えきれなくなって淑絹を殴りつける。

淑絹は声をあげて泣きはじめる。脅してもなだめても、淑絹の涙はとまらない。匙《さじ》を投げて頭から布団をかぶる——泣き声は耳にまとわりついて離れない。

地獄のようだと一方は思った。どうしておれたちが地獄に堕《お》とされなければならないのかと天を呪った。

†

淑絹が日本に来て三度目の冬。十二月の半ばに雪が降った。淑絹はいつものように働きに出た。血まみれになって帰ってきた。

「どうしたんだ？」

一方は淑絹を抱き上げた。淑絹の顔はどす黒く変色していた——だれかに激しく殴打された痕《あと》だった。右の瞼《まぶた》がぱっくりと割れ、そこから血がとめどもなく流れていた。

「だれにやられたんだ？　ふざけやがって。おれが仕返ししてきてやる」

淑絹は首を振った。

「無駄よ。わたしをこんな目に遭わせたのは上海の流氓《リウマン》なんだから」

「上海の連中がなんだって？」

「目障りだからって……わたしみたいのが縄張り内で仕事してると、他の流氓連中からなめられるからって……」

「そんな……」

「ちきしょう、ふざけやがって。わたしを殴った連中の中には、昔、わたしを抱いたやつだっていたんだよ。それを……それを……」

淑絹は泣きはじめた。血が滲《にじ》んだ涙——目から血を流しているようだった。

「くたばりぞこないめっていって、わたしを殴ったんだ、蹴《け》ったんだ。こんなひどい話、ある？　わたしだって、わたしだって……」

淑絹はよろめきながら立ちあがった。服を脱ぎはじめた。

「なにをしてるんだ、淑絹？」

「あいつら、わたしのこと、くたばりぞこないの淫売《いんばい》だっていったわ。そんな萎《しな》びた身体で客を取ったって商売にならないだろうって」

淑絹は全裸になった。荒れた肌が寒さに粟立《あわだ》っていた。乳首は萎びていた。腹の肉はたるんでいた。腕や脚は枯れ木のように細かった。肘《ひじ》の内側は、注射針の打ちすぎで皮膚が固まって黒ずんでいた。

「知ってるでしょう、一方？　わたし、まだ二十六よ。女盛りの年よ。まだまだ綺麗《きれい》でしょう？　あいつらがいったこと、みんなでたらめよ、そうでしょう？」

一方は目をそらした。

「なんでわたしを見ないのよ？　あんた、昔は一晩に三度もわたしを抱いたじゃない。あれはたった一年前の話よ。わたしを見てよ。あいつらがいったこと、でたらめだって証明してよ」

一方は目をそらしつづけた。淑絹の声が裏返った。

「出ていけ！　蛆虫。豚野郎。わたしをこんな目に遭わせたくせに、馬鹿にしやがって!!」

「落ち着けよ、淑絹。おれはなにも――」

淑絹は全裸のまま台所に足を向けた。流しに放り出されていた包丁を手に取った。

「出ていけ！　じゃなかったら、今すぐ殺してやる!!」

淑絹の目からは相変わらず血の涙が流れていた。

「淑絹……」

「うるさい！　今すぐ出ていけ!!　あんたなんかを信じたのがわたしの間違いだったんだ。返せ。わたしの人生を返せ!!」

淑絹は包丁を振り回した――殺気が感じられた。

一方は転がるように部屋を飛び出た。

†

飢えと寒さ――知り合いの家を転々とした。どこへ行っても嫌な顔をされた。どこへ行っても皮だけになって萎びてしまった淑絹の裸体を思いださずにいられなかった。どこへ行ってもこの惨めな二年間の想い出に振り回された。
聖誕節が近づいてくる。街は電球で飾りたてられた。いたるところからクリスマスソングが流れてくるようになった。

泥にまみれた人生の中の一瞬の煌《きら》めき――初めてふたりで迎えた聖誕節。ふたりで歌った下手くそなクリスマスソング。淑絹に約束したプレゼント――忘れ去られた約束。

賭けをしよう――一方はそう決めた。

聖誕節までに金を作り、金の指輪を買う。淑絹にした約束を果たす。それができたら、もう一度淑絹とやり直す。今度こそ心を入れ換えて真面目に働く。

聖誕節までは一週間しかなかった。また無謀な賭けをするつもりか――自分を罵った。だが、一方には他になにも思いつかなかった。

街をうろついた。金はなかった。仕事もなかった。だれも一方を相手にしてくれはしなかった。

飢えと寒さ――自暴自棄になりかけたとき、そいつらを見つけた。中野の商店街。時刻は真夜中を回り、あたりに人影はなかった。パチンコ屋のシャッターが開き、中から三人の男たちが出てきた。一方は咄嗟《とっさ》に物陰に身を隠した。男たちは上海語を話していた。目つきが悪かった。流氓だった。

パチンコ屋と流氓――答えはひとつしかなかった。裏ROMを台にしかけて金を稼ごうとしているのだ。

翌日、そのパチンコ屋に行った。パチンコは打たず、すべての台を観察した。午後になって、ふたりの中国人が店に入ってきた。ふたりは他の台には目もくれず、店の右端の列の台に座った。すぐにふたりは玉を出しはじめた。それが裏ROMがしかけられた台だった。

二日、台を見張った。どの日も、午後になって中国人たちがやって来た。ドル箱を玉で埋め、金に換えて帰っていった。間違いなかった。あの台に座れば、誰でも玉を出すことができる。

クリスマスイヴ――聖誕夜の朝、一方は開店前からパチンコ屋に駆けつけた。五千円――前日かき集めたなけなしの金を握りしめて。

午前中のうちに玉を出しまくれば、指輪を買うぐらいの金は作れるはずだった。事実そうだった。足元に積んだドル箱はどんどん増えていった。

問題は、また欲をかいてしまったことだった。

00

一方は頭を振った。殴られた痕が痛んだ。寒さと恐怖に歯の根があわなかった。

男はまだ喋《しゃべ》りつづけていた。だれかに聞いてもらいたいという声ではなかった。男は自分自身に語りかけていた。

「日本になんか来ねえでよ、あのまま故郷に残ってたらどうだったんだろうな……毎日畑仕事に追われて、雀の涙みたいな金を稼いで、そのうちおっ死《ち》んじまう。それが嫌でたまらなかったんだが、異国の地でだれにも知られずに死んでいくよりはそっちの方がよかったかもな……」

男の声は呪詛《じゅそ》のようだった。聞いているだけで気が滅入《めい》ってきた。

「いい加減にしろよ、おい。いつまでくだらないことをくっちゃべってるつもりだ？」

一方は怒鳴った。男の乾いた笑いが返ってきた。

「そう神経を尖《とが》らせるなよ、若いの。なるようにしかならねえんだ。そうじゃねえか？」

一方は身体《からだ》を起こした。

「黙る気がねえんだったら、おれが黙らしてやろうか？」

「おっかねえ——」

ドアの開く音が男の声を遮った。裸電球の明かりが室内を照らした。放りこまれたときは気づかなかったが、本当になにもない部屋だった。

「おい、林老板《ラオバン》が話をしたいといってる。ついて来い」

ドアを開けたのは、一方を怒鳴りつけていた流氓《リウマン》だった。さきほどの激昂《げっこう》した様子は消えていた。冷たい目が一方を見おろしていた。

「お、おれは殺されるのか……？」

震える声で一方は訊いた。

「知らねえよ」

流氓は答えた。部屋の隅で男が忍び笑いを洩《も》らした。

「早く立て。こんなくそ寒いところにいつまでもいられるか」

流氓は背を向けた。一方は慌てて立ちあがった。

「頑張れよ、若いの。どうせ殺されるなら、苦しまずに済む方法でやってもらえ」

一方は肩ごしに振り返った。男を睨《にら》みつけた——息を呑《の》んだ。男は全裸だった。貧弱な身体のあちこちに正視に堪えない無惨な傷痕があった。

「借金返すために腎臓《じんぞう》を取られたのよ。それでも足りなくて、この体《てい》たらくさ。おれにくらべりゃ、若いの、おまえさんはましな方だぜ」

男は笑った。一方は逃げるように部屋を出た。

†

暖房のきいた部屋——外の喧騒《けんそう》が聞こえた。

林哲《リンヂョー》はソファに座っていた。足を組んで煙草をふかしていた。道端に落ちている石ころを見るような目つきを一方に向けていた。林哲の背後にはボディガードがふたり、影のように突っ立っていた。

一方は床の上に正座させられた。身体の顫《ふる》えがとまらなかった。林哲を見るのは初めてだった。噂なら嫌になるほど聞いていた。

「おまえがおれの金をかっぱらったのか？」

林哲がいった。一方は頭をさげた。

「申し訳ありません、老板。お、おれ、知らなかったんです。まさか、あのパチンコ台に老板の息がかかってるとは……本当に知らなかったんです」

「そんなことはどうでもいい。大事なのは、おまえがおれの金を盗んだということだけだ。おれのいってること、わかるか？」

一方はうなずいた。流氓に理屈は通じない。連中には連中のルールがある。

「落とし前をつけてもらわなきゃならねえ。じゃねえと、この林哲をなめる馬鹿が増えるからな」

「どうすれば許してもらえますか？」

縋《すが》るような目で林哲を見た。簡単に弾き返された。

「金だ。百万。耳を揃えておれに返せ」

「だ、だけど……おれがパチンコで稼ごうとした金は、ほんの数万の話ですよ」

「そうか、百万じゃ不服か。だったら、二百万にしてやるよ」

林哲は嗤《わら》った。一方はうつむいた。

「そんな金、おれにはありません……」

「おまえには女がいると聞いたぞ。淫売《いんばい》だそうじゃないか。淫売だったら、二百万ぐらいの金を作るのもわけはないだろう」

淑絹——一方は首を振った。もし淑絹にその気があったとしても、二百万の金を作るには淑絹は衰えすぎていた。

「女に電話をかけろ」

林哲がいった。一方は首を振りつづけた。

「無理です。あいつはもう、客を取れるような身体じゃないんで……」

「できるかどうかはおれが決める。いいから電話をかけろ」

「勘弁してください、老板。おれには……」

「電話をかけなきゃ、おまえの身体で払ってもらうことになるぞ。それでいいってののか？」

閉じ込められていた部屋を出る直前に見た男の姿が脳裏をよぎった。全身の肌が粟立《あわだ》った。一方は差し出された携帯電話を手にした。淑絹に電話をかけた。

「淑絹か？　おれだ、一方だ」

「あら、ご無沙汰《ぶさた》じゃない。よくもまあ、わたしに電話なんかかけてこられたわね」

淑絹の声は不自然に明るかった。覚醒剤《かくせい》を打っているときの声だった。明るい声の向こうから、クリスマスソングが聞こえてきた。

「電話をかけられた義理じゃないのはわかってる。だけど、おれにはおまえしかいないんだ」

乾いた笑い声がした──淑絹の皮肉たっぷりな声がそれに続いた。

「聞いたわよ。上海の流氓の縄張りのパチンコ台使ってたのがばれたんだってね。あんたらしい話じゃない」

「知ってたのか……」

「知ってるわよ。あの一方がまたドジを踏んだらしいってね。みんないってるわ、あんたと別れたのは本当によかったって」

淑絹の声は氷のように冷たかった。一方は奈落の底に突き落とされたような気がした。

「淑絹、頼む。助けてくれ」

「ふざけないでよ」

「おれが馬鹿な真似をしたのはおまえのためなんだ。おまえのために金の指輪を買ってやりたかった。それを明日おまえにプレゼントして、もう一度やり直したかった。だから、無茶をしたんだ。わかってくれ、淑絹」

「金の指輪ね……一昨年の聖誕節のときも、その言葉に騙《だま》されたのよ。また同じ手で人を騙そうなんて、あんたも芸がないわね」

「嘘じゃないんだ――」

「嘘ばっかりよ。あんたの嘘のせいでわたしはこうなったんじゃないのよ」

「嘘なんかじゃない。おれは……おれは本気でおまえを幸せにしたくて――」

淑絹が鼻で笑う声が聞こえた。

「物はいいようね」

「頼む、淑絹。おまえが助けてくれなかったら、おれは殺される」

「殺されればいいのよ、あんたなんか。電話、切るわよ。わたし、これから聖誕夜を祝うのに友達と出かけるんだから」

「淑絹！」

「あんたには当然の報いよ」

　淑絹の声とクリスマスソングが遠ざかり、消えた。一方は呆然と携帯電話を見つめた。

「女にも見捨てられたか」

林哲の声――それが合図だったかのように両腕を摑《つか》まれた。

「腎臓と目を売れば、おまえみたいなクズでもそれなりの金にはなる。殺しはしないから、安心しろ」

林哲の声――一方の耳には届かなかった。

薔薇《ばら》色の未来――色褪《あ》せ、泥にまみれ、最後には断ち切られた。

「おれはどこでなにを間違えたんだ？」

一方はつぶやいた。だれも答えてはくれなかった。

# 笑窪

# 1

年が替わってから、ツキが落ちた。いや。その前からドツボにはまっていたのかもしれない。たぶん、生まれ落ちたときから。気づくのが遅すぎた。

いつものようなはしご酒。どこをどう飲み歩いたかはわからない。はじめは歌舞伎町。ぐるぐる飲み歩いて二丁目に。デブと痩《や》せのコンビが経営するおカマバー。アルコールが頭のてっぺんからつま先にまでまわっていた。銃弾のように吐きだされる言葉。意味なく続く高笑い。太股《ふともも》にあたる柔らかい膝《ひざ》の感触――そこで、隣りに女が座っているのに気づいた。

見た目はOL風。控え目な化粧にグレイのスーツ。スカートが太股の半ばまでめくれあがっていた――視線が釘《くぎ》付けになる。ぼやけていた視界、ぼやけていた思考がクリアになる。

「どこ見てるんですかぁ？」

間延びした声で女はいった。女も酔っていた——おれにはそう思えた。おカマバーにひとりで飲みに来る女。珍しくもない。

「なにいってんのよ。男に見られたくてそんなスカートはいてるんでしょ」

デブのおカマのだみ声が耳にこびりつく。

「そんなことないわよ」

「うるさいわね、露出狂」

また、高笑い。

女と向き合って酒を飲んだ。女はよく笑った。笑うと笑窪《えくぼ》ができた。おれがなにかいうたびに、女はおれの身体《からだ》に触れてきた——手で、膝で。

意識が一点に集中する——この女とやってやる。

女を連れてはしごを続けた。店から店へ移動するとき、腰に手をまわした——拒否されることはなかった。

女は占いが趣味だといった。笑い飛ばすには、おれの欲望は膨れあがりすぎていた。

血液型をきかれた。星座をきかれた。生年月日をきかれた。手相を見られた。あなたは四十を越えてから成功するタイプね——そういわれた。女の顔は霧の中に埋没している。

ストッキングに包まれた太股とふくらはぎだけが脳裏に焼きついている。膀胱《ぼうこう》が悲鳴をあげる——トイレ。戻ってくると女はいなかった。椅子の背もたれにかけられた上着。慌てて財布を探した。財布はあった。金もあった。舌打ち——勘定をすませ、別の店へ。

いつ家にたどり着いたのかもわからない——いつものことだ。

頭痛とともに目ざめ、途切れ途切れの記憶を反芻《はんすう》する。女の太股がちらつく。財布に手を伸ばす。金はあった。クレジットカードと銀行のカードがなくなっていた。記憶のフラッシュバック——占い/生年月日。カード類の暗証番号は誕生日を逆さにしたものだった。

慌てて時計を見る——午後二時。慌てて電話に手を伸ばす——手遅れ。銀行口座は空になっていた。クレジットカードのキャッシングも限度目一杯使われていた。

おれは一文なしになっていた。

## 2

知人に仕事を紹介してもらった。大久保の居酒屋。チェーン店とは違い、落ちついている。客の八割がなじみの顔——そういう店だ。

久しぶりに握る包丁。前の店をやめてから三ヵ月が経っていた。貯金と退職金。半年は遊べるはずだった。

あの女を見つけたら殺してやる——デブと痩せのおカマの店に電話をかけた。あの女は初めての客だといわれた。あんたが馬鹿なのよ、あんなのに鼻の下伸ばしてさ、いい勉強になったと思って諦《あきら》めなさい——諦められるはずがない。

店の営業時間は午後六時から午前四時まで。六時から十一時までが早番で、それ以降が遅番。おれは遅番を希望した。給料が三割がた良かった。休みは水曜と日曜。土曜は遅番がなく、店も十一時で終わる。

魚をさばき、盛りつける。客の相手をする。五人掛けのカウンターと四人掛けのテーブルが六つあるだけの小さな店。気楽といえば気楽な仕事だ。おれは腕がいい。問題は性格だ——鍛えてもらった親方に何度もいわれた。

性格——酒と博奕《ばくち》に目がない。女も、買うことは少ないが嫌いじゃない。飲み過ぎて店を休み、博奕の借金を払うために前借りをする。店の女客に手を出す。何軒もの店をしくじった。親からは勘当され、女房にも逃げられた。それでも、仕事に困ることはなかった。腕がいいからだ。おれから包丁をとったらなにも残らない。

あの夜行った店——記憶に残っている店には電話をかけた。あの女が来たら、すぐに連絡してくれ。連絡はない。魚をさばき続ける日が続くだけだった。飲みに出かけるのは週に一度。日曜の競馬。いらだち、あるいは焦燥感——澱《おり》のように腹の底に溜《た》まっていく。思う存分酒を飲みたい。思う存分博奕を打ちたい。思う存分女を抱きたい。日々強まる欲望を押し殺して、おれは魚をさばく。

## 3

十二時をまわると、店に外人の姿が目立つようになる。大抵は女だ。中国、インドネシア、マレーシア——近くのクラブで働く不法就労者たち。日本人の客が連れてくる。おれは連中が嫌いだった。連中は必ず山葵《わさび》を別に注文してくる。量が多すぎてどろどろになった山葵醤油《じょうゆ》。あいつらはそれに刺身をひたして食う。魚の味を知らない連中だ。連中が来ると、おれはいらつき、そのいらつきは連中に伝わる。大抵の女はおれと目があうと、露骨に顔をしかめる。

だから、メグには驚いた。

メグを連れてきたのは佐藤という米屋の親父だった。閉店に限りなく近い時間、佐藤は暖簾《のれん》をくぐってきた。

「まだいいかい、良ちゃん？」

佐藤はいった。顔が赤く、目尻《めじり》が垂れ下がっている。ご機嫌だった。

「いいっすよ。まだ美味《おい》しいところが残ってますから」

「そりゃいいね」佐藤は肩ごしに振り返った。「だいじょうぶだってさ。入んなよ」

暖簾が揺れる。入ってきたのは、外人女が三人。おれは反射的に顔をしかめた。褐色の肌に小柄な身体《からだ》。中華系の入ったインドネシアかマレーシア。間違いなかった。ただ、普段店に来る女たちとは雰囲気が違った。クラブの女たちは着飾っている。水商売のユニフォーム＝ミニスカート。佐藤が連れてきた女たちは、Tシャツにジーンズという軽装だった。

「とりあえず、ビールもらおうか、良ちゃん」

佐藤は当然といった態度でカウンターに座った。女たちもそれに続く。女たちの口から漏れでる言葉――広東語。この店に来て、北京語と広東語の区別がつくようになった。

「お連れの方々もビールでいいですか？」

気持ちとは裏腹に、愛想《あいそ》のいい声が出る。佐藤の真横に座った女がおれに視線を向け、口を開いた。

「焼酎《しょうちゅう》、ありますか？」

驚いた。東南アジアの連中が飲む酒は決まっている。ビールかブランディ。焼酎を飲みたいという女は初めてだった。

「ありますよ。どうやって飲みます？」

「お湯割り、梅干し入り」

女はそういうと、照れ笑いを浮かべた。笑うと左右の頬に笑窪ができた。おれは即座にあの女を思いだした。おれの財布からカードを抜いていった女を。

目の前の女はあの時の女とは明らかに違った。笑うと目尻がさがった。少女のようなあどけなさ——そのくせ、Tシャツの胸元はそれなりに盛りあがっている。髪の毛は肩までの長さ。全体に小作りな印象だが、それに反して目だけが大きく輝いていた。

「日本語、お上手ですね」

どぎまぎしながらおれはいった。女の笑顔は可愛らしかった。あの女とは似ても似つかない。

「だめ、わたし、日本語、少しだけ」

「そうなんだよ、良ちゃん」佐藤が口をはさんでくる。「この子たち日本に来てまだ半年たらずでさ、日本語はだめなんだ。なあ、メグ？」

「そう。日本語、少しだけ。焼酎、お湯割り、梅干し入り。佐藤さん、教えました」

「それをいうなら、教えてくれた、だろう」

佐藤が笑う。

「英語なら上手なのにな……ノー・モア・ベット。得意だろう？」

それでわかった。歌舞伎町にいくつかある地下カジノ。種目はルーレットとミニバカラ、それに大小。やくざが関《かかわ》っている。中国マフィアが関っている。客の大半は中華系。中に、佐藤のような日本人も混じっている。

メグと他の女たちは、カジノに雇われているディーラーというわけだ。

「他の方もそれでいいですか？」

他の女たちは首を振った。

「ああ、彼女たちは飲めないんだ。烏龍茶をやってくれ」

おれは若い衆にうなずく。いつもと違って、女たちに対する興味が湧いていた。カジノ
——腹の奥底で悪い虫が蠢《うごめ》きはじめる。

「魚の方は？」

「適当にみつくろってよ。奥の二人は例によって山葵たっぷりってやつだが、メグはきちんと魚の食い方を知ってるから、良ちゃんも機嫌悪くしないですむよ」

半信半疑でうなずきながら、魚をまな板の上に置いた。刺身の盛り合わせとサンマの塩

焼き。煮魚は連中にはあまり好まれない。

若い衆が酒と突き出しを佐藤たちの前に置いた。メグが割り箸《ばし》で梅干しをほぐす——慣れた手つき。乾杯。佐藤はビールを一気にあおった。博奕がもたらす興奮で喉《のど》が渇ききっていたに違いない。メグは焼酎のお湯割りを喉を鳴らして飲んだ。

「なかなかいい飲みっぷりだろうが、良ちゃん」

佐藤は自分の娘を自慢しているような口調でいった。

「そうですね……今まで見た東南アジアの連中に比べると、かなりいいんじゃないですか」

包丁と口を同時に動かす。今さら意識を集中させる必要はない。包丁とおれの右腕は機械のように正確に動いている。

女たちが広東語でけたたましく喋《しゃべ》りはじめた。佐藤はそれを満足そうに眺めている。いくら儲《もう》けたのか。佐藤が見つめているメグの横顔。もうやってしまったのか。とりとめのない思考が頭の中を駆け巡る。

ふたつの皿に刺身を盛りつけた。奥の女ふたりには、たっぷりの練り山葵をつけた。連中に本山葵を出していた日には、日本中の山葵が足りなくなる。佐藤とメグの皿にはおろしたばかりの本山葵。

「相変わらずリズムがいいね、良ちゃんの包丁はさ」

「そうでもないっすよ。年末、少しサボってたもんで、まだカンが戻ってないんで」

皿をカウンターに出し、サンマの火加減に目をやる。皮がかすかに焦げ、脂が滴り落ちる。焼き上がるまで、まだ時間があった。サンマは若い衆に任せて、野菜を出した。中国アスパラ——外人たちのリクエストがあまりに多いので、最近、仕入れるようにしている。この手の野菜を売っている場所は大久保には腐るほどあった。

アスパラを湯がき、油で炒《いた》める。客のひとりが香港で買ってきたという特製のオイスターソースを絡める。小皿に載せ、カウンターに出す——女たちが驚きの声をあげる。

「油菜《ヤウチョイ》！」

メグがいった。広東語の料理名。誇らしい気分になって、おれは頰の筋肉を緩める。

「これはサーヴィスですから。遠慮なく食ってください」

「珍しいね、良ちゃん。いつもは客が外人さん連れてくると、すぐ不機嫌になるのにさ」

「いじめないでくださいよ、佐藤さん——」おれは声をひそめた。「この子たち、どっかのカジノのディーラーでしょ？　いいんすか、客がディーラー連れまわしても？」

「やっぱり、良ちゃんはこの手のことになると目ざといね」佐藤も囁《ささや》くような声でいった。

「普通はさ、だめだろう。客とディーラーが一緒に飯食うなんてさ。だけどな、良ちゃん。

おれがここんところはまってるカジノの女ディーラーはさ、ただカード配ったり、サイコロ振ったりするだけじゃなくてな、金だせば、連れ出せるのさ」

「じゃあ、そこら辺の中国クラブと一緒じゃないっすか」

「そうなんだよ。だから、この三人、見てみろよ。三人とも、けっこういい線いってるだろ？」

「まあ、そうっすね」

メグの横顔。笑うと八重歯が覗《のぞ》く。

「あっちの方のカジノだとさ、バニーガールみたいのがいて、そういう姉ちゃんたちと交渉すんだけどさ、この子たちのカジノ、誰が考えたんだか、ディーラーにその役もさせてんだよ」

香ばしい匂い――焼きたてのサンマがカウンターの上に置かれた。メグは大根おろしに醬油《しょうゆ》をかける。どこで覚えたのか。だれに教わったのか。

「ディーラーはみんな女なんすか？」

「そうだよ。白いシャツに棒タイ結んで黒いベスト。下はパンツ見えそうな黒いミニのタイトスカートに、脚はもちろん網タイツでさ。ノー・モア・ベットとかコールとかいってんのさ」

佐藤が下卑た笑いを浮かべた。

「どこの組がやってんすか？」

「桐島組が一枚嚙《か》んでるって話だけど、実際に場所を仕切ってんのは中国人さ。ディーラーにも客を取らせようなんて考えつくのは連中ぐらいなもんだろう。だから、この子たちにイカサマもちかけてもダメなんだよ。もちかけた方も受けた方も、バレたら殺される。なにしろ、相手は中国人だもの」

「レートは？」

「ミニバカラのミニマムが千円だよ……良ちゃん、目がやばくなってきてるよ。深入りしない方がいいんじゃねえの」

「そんなことといわないで、今度、連れてってくださいよ」

「そりゃぁかまわないけどさ」

佐藤はグラスに残ったビールを飲み干した。視線をおれから外し、メグに声をかける。

「どうだ、メグ。ここの料理はうまいだろう？」

「うん。美味《おい》しいね。魚、フレッシュ」

「そっちの野菜はどうだ？」

「これも美味しいよ」

頬が緩む。自分の作ったものをうまいといわれて気を悪くする料理人はいない。

「居酒屋でこれ出る、わたし、初めて。これ、中国の料理よ」

「やっぱり、向こうで食った方がうまいんだろうな」

メグは首を傾けた。

「マレーシアで食べる。ここで食べる。ふたつ美味しい。一番、美味しいは、メグのママ、作る。なぜか、わかる？」

メグはおれに訊《き》いてきた。

「おふくろの味にはかなわねえからな」

メグは怪訝《けげん》そうな顔つきになる。

「おふくろの味ってのはな、ママのクッキングって意味だ」

佐藤が助け船を出す——メグが破顔する。

「そう。ママのクッキング。美味しい。どうして？」メグは自分の胸を指差した。「ハート、あるから」

おれは唇を嚙《か》んだ。昔、さんざん怒鳴られたことを思いだした。

いくら包丁さばきがうまくたって、心がこもってなきゃ料理とはいえねえんだ——親方のだみ声。いわれるたびに思った。そんなのはでたらめだ。いくら心がこもっていても、まずい材料からはまずい料理しかできない。技術がすべてだ。それ以外のものを求めて、なんの意味がある？

おれは佐藤たちから離れた。厨房《ちゅうぼう》の隅にいって、煙草に火をつける。

ハート、あるから——メグの拙《つたな》い日本語が頭の中でこだまする。どうしてそんなことを気にするんだ？　売女《ばいた》が勝手にほざいたことなんか、どうだっていいじゃねえか——自分にいいきかせる。それでも、苦い気分は消えない。煙草を足元に落とし、雪駄《せった》で踏みにじる。

## 4

「良ちゃん。悪いけど、もう一本ビールちょうだいよ。それで帰るからさ」

佐藤の声に我に返る。若い衆に顎《あご》をしゃくる。カウンターの前に戻る。女たちは料理をきれいに平らげていた。メグの焼酎《しょうちゅう》。三分の一に減っていた。

「佐藤さん、さっきの話、真面目に考えてくださいよ」

「なんの話だっけ？」

「カジノですよ」

「おう、わかった。暇なとき、電話くれよ。時間があいてれば付き合うからさ」

佐藤の耳元に口を寄せた。

「この女たちとはもうやっちゃったんすか？」

「ばかいえ。良ちゃん、おれ、いくつだと思ってんだよ？　もうすぐ六十だよ。そりゃ、勃《た》たなくなったとはいわねえけど、女遊びは卒業したよ。今日はさ、ルーレットでバカづきしてな。で、チップ代わりにこの子たち、連れだしたのよ。そんだけ。どうだい、良ちゃん、気に入ったのがいるんなら、貸してやってもいいぜ。やらなくても、連れだした分の銭は取られるんだからな」

「遠慮しときますよ。やるときは自分の銭でってね」

「いい心構えだね、良ちゃん――」佐藤はビール瓶に手を伸ばした。「これ、飲みきれねえから、ちょっとやんなよ。これで店じまいだろう？」

「じゃあ、いただきます」

考える前にいっていた。いつもならことわる。いったん飲みはじめるととまらなくなる。飲むと、トラブルを起こす。こんな店、いつやめてもかまわない。だが、今は金がなかった。ある程度金がたまるまでは、頭を低くしていなければならない。

グラスにビールが注がれた。一気に飲み干した。

「良ちゃんが飲むとこ、初めて見たけど、いい飲みっぷりだね」

佐藤が嬉《うれ》しそうにいう。空になったグラスにまたビールを注ぐ。今度はゆっくり飲んだ。

「じゃあ、勘定して」佐藤はおれにいい、女たちに顔を向けた。「メグ、そろそろ帰るぞ。いくら払えばいいんだっけ？　ハウ・マッチ？」

「ひとり、四万円」

メグは右手の指を四本立てた。

「よし。じゃあ、ご祝儀ってことで、ひとり五万払ってやる。大切に使えよ」

佐藤は上着の内ポケットから分厚く膨らんだ財布をとりだした。無造作に札を引き抜き、唾で濡《ぬ》らした指で数えはじめる。財布の中――百万近くありそうだった。

「佐藤さん、ありがと。わたし、佐藤さん、好きよ」

「おれもメグが好きだよ。なんたって焼酎の梅干し割りを飲む外人さんだからな」

若い衆が勘定書きを差し出す。女たちに払う金が十五万なら、店の勘定は一万五千円というところだった。

「じゃあ、良ちゃん、遅くまで悪かったね。遊びたくなったら電話してよ」

佐藤はそういってカウンターに背を向けた。女たちがそれに続いた。メグだけが、おれの方を向いていた。

「あなた、名前、なんですか？」

大きな目がおれを見つめている——その光に気圧《けお》される。

「良……だけど」

「良さん……魚、美味しかった。わたし、また来る、いいですか？」

「いつでも来てください」

メグは微笑《ほほえ》んだ。笑窪《えくぼ》。口の中にざらついた感触が広がる。

「おやすみなさいね、良さん」

メグは微笑みを浮かべたまま佐藤たちのあとを追った。

おれはビールグラスを握りしめたまま、しばらく立ち尽くしていた。

## 5

カジノは風林《ふうりん》会館裏のビルの地下にあった。階段を降り、湿ってかび臭い匂いのする廊下を歩く。〈クラブC〉とだけ書かれた看板がぽつんと立てられている。

「ここだよ、良ちゃん」

佐藤がドアをあけた。中は薄暗い。スーツを着た男がふたり、近よってくる。

「今日も、遊ばしてもらうよ」

佐藤がなれなれしい声を出す。男たちは軽く会釈する。男たちの視線はおれに向けられている。

「こっちは連れだ。ここが気に入ったら、ちょくちょく遊びに来ると思うから、よくしてやって」

「かしこまりました」

低い声が返ってきた。どっちの男が口を開いたのかはわからなかった。

男たちに先導されるようにして佐藤が歩きはじめる。慌ててあとを追う。廊下を五メートルほど歩くと、左手にガラス窓で仕切られた場所があった。中には中年の女がふたり、座っていた。

「ここでチップに換えるんだ。五万円分な。中でも換えられるけど、ま、入場料だと思えばいい。あまったチップはまた金に換えて返してくれるから心配はいらんよ」

佐藤は分厚く膨らんだ財布から札を抜き取りながらいった。おれもそれに倣った。五百円玉を一回り大きくしたような、プラスチック製のチップを受け取った。縁と両面に色がついていた。赤が二枚、青が四枚、緑が十枚。

「赤が一万、青が五千円、緑が千円だよ。それ以下の小銭は、チップじゃなくて現金でやり取りするんだ。じゃ、行こうか」

二メートルほど先で、男たちが待っていた。男たちの背後にはもう一つのドア。右側にいた男がそのドアに手をかけた。途端に、耳を聾《ろう》するようなざわめきが襲いかかってきた。

「すげえだろう、良ちゃん。日本人相手の地下カジノとはわけが違うのさ。中国人っては、本当に博奕《ばくち》が好きだからね」

ドアの向こうは別世界だった。元々はピンサロかなにかだったのだろう。天井の低いフロアで人が蠢《うごめ》いていた。熱気が渦巻いていた。耳に飛び込んでくるのは、ほとんどが中国系の言葉だった。

「ここの客はさ、八割が中国人、残りの二割が東南アジア系と朝鮮系と日本人だ。中には日本語が通じないディーラーもいるけど、博奕のルールは万国共通だから、心配しなくてもいいよ」

佐藤の顔つきが変わっていた。おれに説明しながら、フロアを見渡している。舌なめずりしそうな表情だった。さっきまでの好好爺《こうこうや》然とした態度は跡形もなく消え去っている。

「お互い、ガキじゃないんだし、帰りは適当にってことでいいね？　負けて先に帰るやつに声かけられても、ツキが消えるだけだしさ」

「おれはかまいませんよ」

「そんじゃ、そういうことにしよう。次にここに来たいときは、米屋の佐藤の連れだっていえば入れるから。五、六回も通えば顔パスになるしさ」

佐藤はそういうと、人をかき分けてフロアの奥に進んでいった。ルーレット台を目指している。人が取り囲んだ台、その上に電光掲示板——出目が表示されている。

正直なところ、驚いた。地下カジノには何度か出入りしたことがある。だが、おれが知っているカジノは、もっと小ぢんまりとしたものだ。アンダーグラウンドであるがゆえの逼塞《ひっそく》感とスリル。ここではそれが感じられなかった。なにもかもがあっけらかんとして開放的だった。

おれはフロアの中を歩いた。場所の雰囲気に慣れるため。どんな種目が行われているのかを確かめるため。メグを探すため。初対面のディーラーの台で勝負するより、少しでも知っているディーラーの方が安心して勝負できる——言い訳だ。わかっている。あの笑顔が忘れられないだけだ。

あの日、おれは店を閉めた足で飲みに行った。新宿にいれば二十四時間、飲める場所を探すのに苦労することはない。朝の六時から深夜まで。無断欠勤。知ったことじゃなかった。へべれけになった。久しぶりだった。気がつくと、朝。こめかみが痛みを伴って脈打ち、空っぽの胃は無気味に蠢動《しゅんどう》した。黄色い胃液を吐くたびに、欠落していた記憶がよみがえる。

細切れの記憶。

あの女を見つけた——おれがいう。握りしめたグラス。傾いた首。歪《ゆが》んだ視界。

だって、あんたが見つけたって女、東南アジア系なんでしょ——痩《や》せのおカマがいう。

そうなんだ、おまけに売女《ばいた》だぜ、あの女——おれがいう。

あんた、自分でなにいってるかわかってんの？——デブのおカマがいう。

仕返ししてやる。おれの金を取り戻してやる——おれがいう。

おカマたちのうんざりした顔——フェイドアウト。

どうかしている。だが、酔ったときのおれはいつもどうかしている。

おれの目は笑窪だけを見ている。あの女の笑窪——メグの笑窪。似てはいない。だが、笑窪は笑窪だ。

アルコールに冒され、おかしくなった脳味噌《のうみそ》でおれは考える。

仕返ししてやる。金を取り戻してやる。

†

ルーレット、ブラックジャック、ミニバカラ、大小。ルーレットの台は二台。ブラックジャックとミニバカラのテーブルが四つずつ。大小が二つ。十二台のテーブルを百人近い人間たちが囲んでいる。佐藤のいったとおり、大半が中国人だった。

佐藤はルーレットに没入していた。ディーラーは、佐藤がメグと一緒に連れてきた女のうちのひとりだった。佐藤の目の前にはルーレット用のチップが積まれていた。ウィールを睨《にら》みつける佐藤の目は膜がかかったように潤んでいた。

メグはミニバカラのテーブルでカードを配っていた。白いワイシャツに棒タイ、黒いベスト。店に来たときとは雰囲気が違った。テーブルの後ろ側にまわってみた。佐藤がいっていたように、ミニスカートに網タイツ。足元は黒いパンプス。太股《ふともも》は多少太めだが、ふくらはぎから足首にかけてのラインは滑らかだった。

もう一度、テーブルの正面に戻った。テーブルについている客は六人。その背後にも十人ぐらいの客がいる。だれもが出目を書き込むカードを持っている。勝負がつくと、メグがチップをかき集め、勝った客にチップを配る。それが終わると、客が賭《か》けはじめる。賭けているのはテーブルについている客だけじゃなかった。テーブルを取り囲んでいる連中が、そろってチップを置く。バンカー側に賭けるやつ、プレイヤーに賭けるやつ。

おれはあらためてメグを見た。普通、バカラはテーブルについた人間しか賭けることを許されない。賭けるチップを置く場所も決められている。だが、ここのカジノじゃそういうルールは取っ払われているらしい。でたらめに置かれたチップ——かろうじて、バンカーサイドとプレイヤーサイドの区別はできる。このテーブルを仕切るのは並み大抵の苦労じゃない。

メグがちらりとおれに視線を向けた。そう感じただけかもしれない。メグは顔色ひとつ変えず、他の客たちに視線を移す。聞こえるのは中国人たちの声だけだった。

「ノー・モア・ベット」

メグがいった。凜《りん》とした声だった。中国人たちのお喋《しゃべ》りがやんだ。メグがカードをめくる——ため息と歓声。バンカーの勝ちをメグがコールする。負けた連中のチップをかき集め、勝った連中にチップを配る。メグの手元には五百円玉がうずたかく積まれている。バカラじゃ、バンカー側が勝った場合、賭け金の五パーセントのテラ銭をハウスに取られる仕組みになっている。つまり、バンカーが勝つと、半端な金額のやり取りが生じるということだ。そのための五百円玉。チップの他に五百円玉を受け取った客の何人かがそれをメグに投げ返す。メグは受け取った硬貨をテーブルに二、三度打ちつけ、微笑む。

テーブルの脇に放り出してあった出目カードとボールペンに手を伸ばした。五回ほど見物をして、出目をカードに書き込んだ。バンカーの勝ちが二回続き、引き分けを間に挟んで、プレイヤー、バンカーと続いた。

六ゲームめ——緑のチップを三枚、バンカーに賭けた。チップをテーブルに置いたとき、メグと目があった。メグの頰に笑窪《えくぼ》が浮かんだ。

†

すぐに没頭した。神経が別の回路に切り替わる。目にうつるものすべての輪郭が曖昧《あいまい》になる。聞こえる音はどこか歪んでいる。経験はないが、潜水服を着ているような感覚が皮膚にまとわりつく。時間の感覚が麻痺《まひ》し、喉《のど》がやけに渇く。

用意した金は十万——三万まで減った。背筋が痺《しび》れた。水分の取りすぎで膀胱《ぼうこう》がぱんぱんになった。それでも、バカラ台を離れることができなかった。マゾヒズムと紙一重の快楽——博奕以外では味わうことができない。

プレイヤーのツラ目が十一回続いた。そこで盛り返した。中国人たちがおれの肩を叩《たた》く。おれの張りにあわせてチップを置きはじめる。おれは前に押し出され、気づくと正規の椅子に座っている。

目の前からメグが姿を消した——別の女ディーラーが現われた。気にもとまらなかった。取ったり取られたり。ツキがないときは頭を低く。勢いのあるときは大きく。博奕——やめられない。浮き世の憂さのすべてを忘れて、おれは没入する。

# 6

膀胱が悲鳴を上げる——潮時だった。一時は山のように積まれていたチップが半分に減っていた。腕時計を覗く。午前三時。四時間以上、博奕《ばくち》に狂っていたことになる。目の前のチップをかき集め、腰をあげた。ディーラーに緑のチップを放り投げる。

「謝謝《シェシェ》」

北京語が返ってくる。テーブルを離れる。

客の数は来たときよりは減っていた。それでも、まだ四、五十人はいる。店の四隅に換金用の窓口があった。そこにチップを持っていく。入口でチップに替えた分が五万。バカラ台で替えた分が三万。返ってきた金は十四万。六万ほど浮いていた。

口笛——中国人たちのざわめきにかき消される。凄《すご》い大金というわけじゃない。それでも、ここのところのツキのなさを考えれば上等だった。

金をポケットに押しこむ。人をかき分け、トイレに向かった。

長い放尿——隣りに人が立つ。

「かなり調子がよさそうだったじゃない、良ちゃん」

佐藤だった。

「途中まではよかったんですけどね。引き時を間違えましたよ」

「なに、初めての博奕場で勝って帰れれば充分だよ」

「佐藤さんは？」

「へこまされちまった」

佐藤は唇を尖《とが》らせた。悔しさが滲《にじ》んでいた。

「それにしても、これだけ大規模にやってて、だいじょうぶなんすか、このカジノ？」

「警察のことかい？」

おれはうなずく。小便の勢いが弱まりはじめた。

「さてな……なにせ、中国人が仕切ってるからさ。稼ぐだけ稼いで、とっとと閉めちまう肚《はら》だとおれは踏んでるけどね」

「そんなもんすかね」

「そんなもんだよ。連中は税金払う必要もないしさ……金稼いで、ヤバくなったら故郷に帰りゃいいだけだもの」

佐藤が先に便器を離れた。おれも跡を追う。洗面台で手を洗う。

「そんなことよりさ、良ちゃん。少しは浮いたんだろう？」

「少しはね」

「もし、女を連れ出したいなら、フロアに黒服着た連中がいるだろう？」

「ああ」

「あいつらに交渉しなよ。先に唾《つば》つけられてなきゃ、問題ないからさ」

「佐藤さんは？」

「おれは家に帰ってふて寝するよ。カミさんにする言い訳考えなきゃならんしな」

「いくらやられたんですか？」

「十万ちょっとさ。たいした金額じゃない」

佐藤は平然とした声でいった。だが鏡の中——佐藤の頬はひくひくと痙攣《けいれん》していた。

†

「あのさ——」

黒服に声をかける。黒服は目だけを向けてくる。日本人か中国人か——表情からは判断がつかない。

「メグって娘がいるだろう？　外で飯食いたいんだけどな」

「少々お待ちください」

流暢《りゅうちょう》な日本語だった。黒服はフロアの隅に行った。トランシーバのようなものを出した。口が動く。なにを話しているのかはわからない。やがて、黒服が戻ってくる。

「出口でお待ちください。五分ほどでメグが来ます」

†

「やっぱり、良さん」

おれの顔を見るなり、メグは笑った。笑窪が目に焼きつく。

「やっぱりってなんすか?」

メグはおれの右腕に手をまわしてきた。臍《へそ》の見えるTシャツにジーンズ。白シャツに棒タイよりよっぽど似合っていた。

「やっぱりは、やっぱりよ」

少し考えるような仕種《しぐさ》をしてから、メグはいった。わけがわからなかった。メグはおれの手を引いた。店の外に出た。

「それじゃわかんないっすよ」

夜空がほのかに明るくなっていた。歌舞伎町の人通りはまばら。キャッチの若いやつらやパイラーたちが所在なげに立ち尽くしていた。

「わたし、良さん知ってる。良さん、わたし知ってる。だから、やっぱり」

おれはそれ以上理由を聞くのを諦《あきら》めた。代わりに聞いた。

「腹、減ってないっすか？」

「お腹、ペコペコよ」

「食べたいものは？」

「良さん作る、クッキング？」

店のことが頭をよぎった。水曜の真夜中。店はまだ開いている。メグを連れて行けば、好奇の視線にさらされる。

おれは首を振った。

「おれは今日は休みなんすよ。ホリデイ。わかる？」

「ああ、ホリデイ。だから、カジノ来た」

「そう。だから、おれのクッキングじゃなくて、なにか、他に食べたいもの、ないっすか？」

自分の日本語がおかしくなっていくのを、おれは他人事《ひとごと》のように聞いていた。

「焼鳥」メグの頰に笑窪が浮かぶ。「わたし、日本の焼鳥、好きよ」

予想外の言葉だった。

「おもしれえ女だよな、おまえ」

おれは小声でつぶやいた。

「なにいいましたか？」

「なんでもないっす。ちょうど、近くに知ってる焼鳥屋あるから、そこ行きましょうか？」

「はい。わたし、行きます」

メグが身体《からだ》をすりよせてくる。ひんやりとした肌。博奕で火照った身体に心地よかった。

# 7

博奕の余韻——酔いのまわるのが早い。メグの笑窪《えくぼ》があの女の笑窪に重なる。
メグはハッを食べている。大量にまぶされた七味唐辛子。焼酎《しょうちゅう》の梅干し割りで飲みくだす。
メグは占いの話をしない。おれの誕生日を聞いたりはしない。食べ、笑う——おれの目は笑窪に釘付《くぎづ》けになる。
なにかがおかしい——自分のことをそう思うことがある。ひとつのことが気になると、それが頭から離れなくなる。酔うとそれが酷《ひど》くなる。わかっていてやめられない。やめられたなら、違う人間になっている。

「良さん、なぜ、食べない」

メグが正肉を頬張りながらいう。

「あんまり、腹減ってないんっすよ」

おれは答える。

「良さん、日本語、変ね」

「そうっすか？」

「言葉、丁寧」

「癖っすから」

客商売をやっていると、どうしてもこういう言葉づかいになる。ただ、それをメグに説明するのは面倒だった。

「なぜ、わたし？」

メグの質問——意味がわからない。

「良さんの店行ったの、わたしだけ、違うでしょ。アニタとエミィ、一緒よ」

メグの他のふたり。

「メグが――」喉《のど》に痰《たん》が絡む。咳《せき》をする。

「メグが、焼酎の梅干し割りを飲んだからさ」

痰がとれると、言葉づかいも変わった。メグが微笑む――笑窪が揺れる。

「わたし、日本の料理、好き。焼酎も梅干しも好きよ」

メグが声を張りあげる――店の人間が振り返る。満足げな表情。それが売女《ばいた》でも、日本のことを褒められて嬉《うれ》しがらないやつはいない。

「じゃあ、焼酎、お代わりしようぜ」

自分のグラスとメグのグラスをカウンターの向こうに押し出す。メグはまだ二杯め。おれは――何杯飲んだかわからない。注がれる焼酎と熱湯。新しい梅干し。メグが割り箸《ばし》でほぐし、グラスをおれの目の前に置く。乾杯。メグの笑顔には屈託がない。あの女はどうだったか――思いだせない。

「メグはいつ、日本に来たんだ?」

「冬ね。すごく、寒かった。雪、降りました。わたし、雪見る、初めて。寒かったけど、嬉しかった」

「ずっと新宿で働いてるのか?」

メグは首を振る。

「最初、名古屋。新宿は、二月《にがつ》前に来ました」

「それをいうなら、二カ月前だ」

メグは恥ずかしそうに笑う。

「日本語、難しいね」

「焼酎や日本の食い物は、だれかに教えてもらったのか?」

「お客さん。いろんなこと、教えてくれますよ。わたし、日本好きね」

おかしな日本語——メグには合っている。

「日本語、上手だよな」

「日本語、喋《しゃべ》る。お金、たくさん稼ぐ。わたし、お金稼ぐ、日本に来ましたね」

「それで、故郷の両親に親孝行するのか?」

メグの顔が曇る——笑窪が消える。喪失感を覚えた。

「パパとママ、死にました。トラフィック・アクシデント……わかりますか?」

わからなかった——首を振った。

「トラフィック・アクシデントったら交通事故だろう、兄さん」

おれの隣りに座っていた中年がいった。

「なんだ、おめえ?」中年を睨《にら》む。「だれがおまえに聞いたんだよ?」

「悪い、悪い。そういうつもりじゃなかったんだ。気に障ったんなら、勘弁してくれよ」

「勘弁できねえっていったらどうすんだ？」

「お兄さん、頼むよ」

中年はやってられないというように首を振る。腹の底に溜《た》まっていた澱《おり》の中からなにかが現われる。

「頼むって、どういう意味だよ、おっさん。おれはよ、連れと話してたんだ。それを横から口挟みやがって――」

肩に手が置かれた。振り返る。メグの悲しそうな顔がある。

「良さん、喧嘩《けんか》だめ。よくないね。わたし、楽しい、好き。喧嘩、嫌い」

笑ってくれ――ふいに思う。笑窪を見せてくれ、あの女のように。おれはあの女に復《ふく》讐《しゅう》したい。

思考が混乱する――いつものことだ。舌打ちして酒に手を伸ばす。

ジャンプ――記憶が欠落する。

†

風呂《ふろ》場――だれかがおれの身体を洗っている。丁寧に、慈しむように。おふくろを思いだす。ガキのおれにおふくろは優しかった。一緒に風呂に入り、身体を洗ってもらうのが好きだった。おれが年をとると、おふくろは優しさを失った。ごみを見る目でおれを見るようになった。

スポンジと柔らかい手の感触。胸から下腹部へ。下腹部から股間《こかん》へ。おれのものを包み込み、さする。硬くなる。

「良さん、ビッグサイズよ。男らしいね」

メグの声。おれの身体を洗っているのはメグだった。おれはタイルの上に腰をおろし、だらしなく脚を投げだしている。メグはひざまずいている。

「良さん、たくさん、女泣かした。そうでしょ？」

メグの声――焼鳥屋で聞いたのとは違った。売女の声。客に媚《こ》びる女の声。顔に浮かんでいるのは作り笑い。それでも、笑窪は変わらない。

笑窪――メグの顔とあの女の顔がダブる。おれに媚びるメグの声と、あの女の声がダブる。

メグはおれの全身を洗う。終わると、シャワーを浴びせかけてくる。ときどき、おれのものに手を伸ばす。弾《はじ》き、包み、さする。

「良さん、大きい、硬い。女、喜ぶね」

酔って勃起《ぼっき》したペニス――大きくはない。それほど硬くもない。胸の奥に炎が灯《とも》る。どす黒い炎。あの女のことが頭を占める。盗まれたカードのことが頭を占める。

メグはタオルでおれの身体《からだ》を拭《ふ》く。おれの手をとってベッドに誘う。メグの身体にはタオルが巻かれている。

大きなベッド。メグが明かりを消す。自分の身体に巻きつけたタオルを取る。暗闇の中でメグの裸身が浮き上がる。おれの中のどす黒い炎がメグを照らす。褐色の肌。弾力を感じさせる小さな乳房。くびれた腰。陰毛に覆われた股間。

横たわったおれ——メグが覆いかぶさってくる。おれにキスする。

「良さん、好きよ」

娼婦《しょうふ》の声——ただの言葉。炎——燃えあがる。

「なにいってやがんだ!」

声を張りあげる——メグが驚いたように目を向ける。

「どうした、良さん?」

「うるせえ」

跳ね起きる。メグにのしかかる。

「なにが、好きよ、だ。なにが大きくて硬いだ。まだ会って二回めじゃねえか。金のためにおれと寝るだけのことじゃねえか」

乳房を握り締める——メグの顔が歪《ゆが》む。あの女の顔が歪んだように思える。喜びが爆発する。

「払ってやるよ。金なら好きなだけくれてやる。その代わり、思いっきりやらせてもらうからな、おい」

メグの唇を貪《むさぼ》る。メグは固く唇を閉ざしている——顎《あご》をつかみ、強引にこじあける。舌を吸う。吸わせる。思う存分ねぶって、唇を離す。

「おれの金を盗みやがって」

吠《ほ》える——意識が混濁している。

「大きいっていいやがったな？　硬いっていいやがったな？　女はみんな喜ぶだ？　だったら喜んでみろよ」

勃起したものをメグの唇に押しつける。メグはすんなり受け入れる。

「簡単にくわえやがって。金さえもらえりゃ、犬のあれだってしゃぶるんだろうが」

メグの舌が絡みつく。メグの目がおれを見上げている。メグの目は不思議な光を湛《たた》えている。憎しみと嫌悪——おれが予想していたもの。憐《あわ》れみと悲しみ——実際にメグの目に浮かんでいたもの。

狼狽《ろうばい》した。狼狽は怒りに変わった。メグの口に突っ込んだまま、腰を振った。

「ふざけやがって、ふざけやがって、ふざけやがって!!」

メグが呻《うめ》く。おれを憐れんでいた目が閉じる。その瞬間、尻《しり》の合わせ目あたりに電流が走った。

射精──メグがおれのものを吐きだす。精液がベッドの上に飛び散る。

「なんで吐きだすんだ? なんで飲まねえんだ?」

メグの頬を張り飛ばす。腰を抱える。まだ硬さを保ったものを生のまま、後ろから突きいれる。メグの呻きが大きくなる。

「どうだ、おら? ナマだぜ。こんなことされても、金が欲しいのか?」

腰を打ちつける。憎悪をこめて。おれが犯しているのはメグ。だが、頭の中ではあの女を犯している。アルコールに麻痺《まひ》した脳。アルコールで混濁した意識。アルコールで増幅された怒り。

メグがなにかを呟《つぶや》いていた。おれへの呪詛《じゅそ》──聞きたかった。聞いて、笑い飛ばしてやりたかった。メグを犯したまま、後ろからメグの顔に耳を近づけた。メグの頬が濡《ぬ》れていた。涙。メグは泣いていた。泣きながら、呟《つぶや》いていた。

「凄《すご》いね、良さん。気持ちいいよ。すごくいいよ。良さんの、太くて硬いよ」

売女の言葉──泣きながら、メグは繰り返していた。

萎《な》えた。すべてが萎えた。メグを突き飛ばし、ベッドの上で頭を抱えた。

「くそ、くそ、くそ、くそ、くそ!!」

言葉が出ない。思考がまとまらない。メグの涙――泣きながら呟かれた娼婦の言葉。なんだ、こいつは？　この女はなんなんだ？

頰に触れるなにか――柔らかい感触。メグの手。メグは心配そうにおれの顔を覗《のぞ》きこんできた。

「だいじょうぶか、良さん？」

「馬鹿野郎……だいじょうぶもクソもあるかよ」

「良さん……良さん。どうして泣く？　なに、悲しい？」

おれは自分が泣いていることにやっと気づいた。メグの目が濡れたままなことにも気づいた。

おれはメグを抱いた。メグの顔を自分の胸に押しつけ、声に出して泣いた。

8

週に一度、カジノに行き、メグを連れだした。毎日でも行きたかった。――金がなかった。

カジノ――二回目で二十万勝った。メグに極上のすき焼きを奢《おご》った。メグはすき焼きを食べたのは初めてだといった。美味《おい》しいといった。

それ以降はじり貧だった。ミニバカラとルーレットの台を行ったり来たり。たね銭が減っていく。賭《か》け金がせこくなっていく。店を辞めて遊ぶつもりで貯めていた金――目減りしていく。あの女に盗まれた金――恨めしい。

メグにいった――カジノ抜きでおれと会ってくれ。

メグは顔を曇らせる。客に指名されたらことわれない。いつ客がつくかわからない。いつ会うと約束することができない。わたし、金稼ぐため、日本来たよ。

メグがいった――カジノ来る。でも、ギャンブルしない。わたし、指名する。わたしと良さん、デートする。それでノー・プロブレムでしょ。

おれはうなずく。入口でチップに換える五万。使わなくてもなにもいわれない。また、金に戻して帰ることができる。だが――カジノの空気がおれの理性を麻痺させる。気がつくと、チップを張っている。

金が減り、気分が荒《すさ》んでいく。

メグ――明るく、優しい。おれがどれだけ酔っぱらっても、嫌な顔ひとつ見せない。頰に笑窪《えくぼ》をつくり、おれを受け入れる。

カジノで金をすり、メグを連れだす。飯を食い、酒を飲む。メグの身体を貪り、疲れれば話をする。

話——お互いの身の上話。おれはおれの話を。メグはメグの話を。

メグは二十七だといった。マレーシアのイポーという街に住んでいた。別れた旦那《だんな》との間にできた五歳になる娘と一緒に暮らしていた。両親は交通事故で死んだ。兄弟がメグの他に五人。うち、三人が日本に出稼ぎに来ている。離婚したてのメグに、日本にいるすぐ上の姉が日本に来て稼がないかと持ちかけてきた。その姉は名古屋にいる。メグが売春をしていることを兄弟は知らない。

メグ——通称。本名は郭君如——ゴッグワンユエとメグは発音した。ラブホテルの洗面台。鏡に口紅で書かれた漢字。その横に、おれは自分の名を書いた。阿藤良——アータンルンとメグはいった。メグはおれのことを阿良——アールンと呼ぶようになった。名前の一字に〝阿〟をつけるのは、広東語ではよくある愛称だという。阿藤の阿もあるからちょうどいい——メグは笑う。笑窪ができる。

「アールン」

呟いてみる。響きは悪くない。

おれの話――ろくな話じゃない。クソみたいな親父とクソみたいなおふくろ。クソみたいなガキ――おれ。他人に馴染《なじ》むことができなかった。自分の欲望を抑えることができなかった。喧嘩《けんか》、万引き、恐喝。中学の教師はおれを無視した。高校は一年でおれを追いだした。親父は怒り、おふくろは泣いた。おれは家を飛び出した。二年間、新宿をぶらつき、食えなくなって、知り合いに泣きついた。板前の修業。思っていたほど悪くはなかった。包丁を握るのは性にあっていた。だが、相変わらず人付き合いがだめだった。店を替わり、金を貯め、店を辞める。その繰り返し。未来に希望はなく、かといってなにかをする気にもなれない。

おれは首を振る。

「阿良」メグがいう。「なにが悲しい？」

日曜の朝、メグと別れて部屋に戻る。昏《くら》い現実が口をあけて待っている。一週間。すべての感情を押し殺して働く。金を稼ぐ。叫びだしたくなる。

カジノへ行く。チップを張る。メグがディーラーをする台には近よらない。負けがこむ。負けた金は五十万はくだらない。メグを外に連れ出すための金を握りしめ、フロアをうろつく。

「阿藤様――」

低く太い声——初めてこのカジノに来たときに声をかけた黒服が近づいてくる。微笑みながら——顔に笑窪。

「なんっすか？」

「あまり調子がよくないようで」

「まあね」

舌打ちしながらこらえる。男の頬にできた笑窪。足元がふらつくような感覚を覚えた。

「今夜も、メグをご指名で？」

「そのつもりだけど」

「閉店までまだ、かなり時間がありますが……」

もったいぶった口調。負けつづきで短くなったおれの導火線に火を灯《とも》す。

「だからなんだってんだ!?」

おれの怒鳴り声——無数の中国語にかき消される。

「実は、ご相談があります」

黒服は平然としている。

「なんだよ？」

おれはフロアの隅に連れていかれた。目立たないように塗装されたドアがあった。その向こう——腰の低い男がいた。カジノのマネージャーだと名乗った。
おれはカジノから金を借りた——百万。危ないということはわかっていた。それでも、金が欲しかった。
百万——メグを外に連れ出す前に七十万に減っていた。

# 9

携帯電話が鳴る——借金返済の催促。慇懃《いんぎん》な声がいう。早く金を返さないと、大変なことになる。
大変なこと——やくざが来る。そういうことだ。カジノから借りた金は利息を含めて三百万に膨れ上がっていた。どうしたって返せる金額じゃない。
携帯電話が鳴る——メグ。阿良、どうして、来ない？　わたし、会いたくないか？
そんなことはない。今は仕事が忙しい。落ち着いたら、真っ先にメグに会いに行く。
嘘——借金と同じように膨れていく。
携帯電話が鳴る——米屋の佐藤。良ちゃん、借りた金、どうなってんの？　きっちりしてくれないとさ、あそこに良ちゃんを紹介した手前、おれの立場も悪くなるんだよな。

余計なお世話だ——喉《のど》まで出かかった言葉を飲みこむ。

近々返しますんで、ご迷惑をかけてすみません。

金はない。だれかに借りるあてもない。

夢を見る。夢の中、おれは東京湾に沈んでいる。両足をコンクリートで固められて、海の底で、海藻のように揺れている。

別の夢を見る。おれはメグと一緒にマレーシアにいる。行ったこともないマレーシア。景色は霞《かす》んでいる。ぼやけている。歪《ゆが》んでいる。だが、確かにそこはマレーシアだった。

もう一つの夢——あの女を見つける。笑窪の女。おれの金を盗《と》った女。金を取り返し、ぶちのめす。犯しまくる。夢精して目を覚ます。布団の中、頭をかかえる。

気が狂いそうだった。

†

水曜日。金がない——することがない。先週貰《もら》った給料は、ほとんどが利息の返済で消えた。新宿に出た。ツケのきく店を頭の中で数えた。

風林会館脇の路地。薄汚い店が立ち並ぶ。ビールを飲んだ。焼酎《しょうちゅう》を飲んだ。ゴールデン街に移動した。そこでも、焼酎を飲んだ。薄汚い店の一番奥。だれもおれに声をかけてこない。

おかわりを告げるおれ自身の声。氷が砕ける音。ドアが開き、客が入ってくる。顔見知り――おれの店の客だった。

「なんだい、良ちゃん。こんな時間に飲んでてもいいのかい？」

「休みなんですよ」

舌打ちしたいのをこらえて口を開いた。

「ああ、今日は水曜だもんな」

男――木村は当然のようにおれの横に腰をおろす。

「じゃあ、今日は良ちゃんの店にしようかと思ってたんだけど、行かなくて正解だったな。こういっちゃなんだけど、あの栃内って板前、腕よくねえんだもの」

栃内は早番の板前だった。おれの休みの日は遅番もこなしている。いつもくたびれたような顔をしていた。くたびれたような手つきで包丁を扱っていた。

木村は生ビールを注文した。泡が浮いたジョッキをおれに向けてくる。仕方なく、乾杯に付き合う。

「なんかわかんないけど、しけた面してるね、良ちゃん」

「そうっすか？ いつもと同じですけどね」

「疲れてんのかよ?」

おれは曖昧《あいまい》に首を振る。酒——かなり飲んでいる。だが、まだ充分に回ってはいない。頭の芯《しん》にかすかな熱感があるだけだった。

「そういえばさ、良ちゃん、最近佐藤さん、見た? ほら、大久保の米屋の」

熱感が消える。

「佐藤さんがどうかしたんですか?」

「最近、評判が悪いんだよ。なんかさ、歌舞伎町の地下カジノでえらい借金こさえちゃったらしくてさ。その借金、チャラにしてもらうかわりに、知り合い引っかけて、そのカジノに借金作らせてるらしいんだ」

血の気が引く——冷気が押し寄せてくる。

「マジっすか、それ?」

「噂話だけどさ……高木さんっていただろう? すし浜のさ。あの人、店の権利書も取られたって話だぜ。もちろん、佐藤さんがカジノに連れてって、それではまったってことでさ……」

木村は話しつづけている——言葉はおれの耳には届かない。冷気——感情すら凍《い》てついてしまうような冷気。おれは席を立ち、店を飛び出す。

「ちょっと、良ちゃん！　お勘定、どうすんのよ!?」

背中を追いかけてくる声――遠ざかる。フラッシュバック――あの女の笑窪《えくぼ》。メグの笑窪。

携帯電話を取り出す。メグにかける。

「ウァイ？」

メグの広東語。

「おれだ」

「阿良」

メグの声は軽やかだった。いつものように。

「全部嘘だったのか？」

おれの声――叫び。絶望の呻《うめ》き。

「阿良、どうした？　なんのこと、話してる？　わたし、わからないよ」

「あの涙も嘘だったのか？　泣きながら、おれを好きだといったのも嘘だったのか!?」

わかっていた。嘘に決まっていた。売女《ばいた》の声。客に媚《こ》びを売る女の声。それでも、その声に縋《すが》ったのはおれ自身だった。

「阿良――」

メグは混乱している。それでも、声には優しい響きがある。

「おれをはめたんだろう？　ふざけやがって!!」

携帯――叩《たた》きつける。濁った音。砕けたプラスティック片が飛び散る。目に入るもの――氷の入った発泡スチロールの箱。蹴飛《けと》ばし、踏みつける。

笑窪の女に金を盗られた。笑窪のメグにはめられた。身体が張り裂けそうな憎悪。心臓が潰《つぶ》れてしまいそうな悲しみ。

おれは叫ぶ。

軒を並べた店から人が出てくる。押さえつけられる。殴られる。

おれはなにも感じない。

マンモス交番に連行され、トラ箱にぶち込まれた。

## 10

メグがどこに住んでいるのか知らなかった。おれはなにも知らない。知っているのは、客がつかなければ、朝の五時にメグが店をあがること。

腐るほど時間があった。北新宿の安アパート。住むところには興味がない。布団が敷いてあるだけの六畳間。台所の隅に転がっていた一升瓶。飲んだ。日本酒は久しぶりだった。頭が冴《さ》え、やがて濁っていく。濁った脳味噌《のうみそ》が紡ぎだすのは呪詛《じゅそ》だけだった。

酒が空になった。新しい酒を買いに行く気にはなれなかった。包丁を研いだ——念入りに。光を放つ刃を見つめる。血走ったおれの目——濁っていた意識がクリアになる。

アパートを出た。大久保に向かった。米屋。佐藤がいる。落とし前をつけてやる。

†

ホテル街のど真ん中——佐藤精米店。佐藤は紺の前掛けをして精米機に向かっていた。不機嫌そうに細められた目、真一文字に結ばれた唇。おれに気づくとすべてが歪んだ。

「りょ、良ちゃん……」

「おれをはめたな?」

店の中に入る。佐藤の他に人はいない。

「ちょ、ちょっと待ってくれ。誤解だよ、良ちゃん。どこでなにを吹きこまれたかは知らないけど、おれは——」

佐藤に詰め寄る。睨《にら》みつける。

「おれをはめたんだろう、佐藤さん?」

佐藤の鼻がひくつく。

「の、飲んでるのかい、良ちゃん……」

「飲んでちゃ悪いか？」

「べ、別にそういうわけじゃないけどさ」

卑屈な目──落ち着きがない。逃げ場を求めて左右に動き回っている。

「楽しかったか？」

「な、なんの話だよ？」

「おれをはめて、楽しかったか？」

「頼むよ、良ちゃん。おれはなにも──」

右の拳《こぶし》を佐藤の腹に叩《たた》きこむ。枯れ木のような身体《からだ》が折れまがる。

「ふざけんじゃねえ」

押し殺した声。昨日の教訓が身に染みている。大声を出せば警察が来る。佐藤の横っ面を殴る。佐藤は大袈裟《おおげさ》に吹き飛んで、壁際に積まれた米袋にぶつかった。米袋が三つ、崩れ落ちる。

店の出入り口はシャッターをおろすようになっていた。シャッターをおろす。最後まではおろさない。潜り抜けられる程度の隙間を開けておいた。

「りょ、良ちゃん……勘弁……勘弁……」

佐藤の泣き声——腰にさしておいた包丁を抜く。佐藤が情けない悲鳴をあげる。

「ぶっ殺してやる」

囁《ささや》くような声でいう。佐藤が首を振る。

「お、おれだってはめられたんだよ、良ちゃん。おれだけが悪いわけじゃない」

仰向《あおむ》けで床に倒れた姿勢のまま、佐藤は後退《あとずさ》ろうとする。冷気がおれを包み込む。佐藤の上に屈《かが》み込み、包丁を喉元《のどもと》に押しつける。

「研いできたんだ。よく切れるぞ、この包丁」

「た、頼むよ……良ちゃん」

「死にたくなかったら、金、出せ」

「い、いくらだよ……」

「三百万だ。あんたにはめられて、カジノから借りた金だよ」

「そんな金、あ、あるわけないじゃないか」

「だったら死ねよ」

佐藤の口を押さえる。包丁を降りおろす。佐藤の目が見開かれる。包丁は、佐藤の脇に転がっていた米袋を切り裂く。

「ふざけやがって!!」

怒りが増幅する。佐藤に対して――おれ自身に対して。おれは佐藤を殺せない。おれにはだれも殺せない。

包丁を振り回した。米袋を次々に切り裂いた。雨音のような音をたてて米が溢《あふ》れでる。床につもっていく。

「やめてくれ、良ちゃん。頼むからやめてくれ!!」

佐藤が縋りついてくる。蹴飛ばし、包丁を振り回す。

「どいつもこいつもふざけやがって!!」

「良ちゃん……もう、やめてくれ。おれが悪かったから。このとおりだから」

米に埋もれて佐藤が土下座する。

「メグも知ってたのか?」おれはきく。「メグも、最初からおれをはめるつもりだったのか?」

佐藤がうなずく。

「そうだよ。あんとき、三人連れてったろう? 三人連れてきゃ、どれかが良ちゃんの眼鏡にかなうと思ったんだよ。良ちゃん、博奕《ばくち》好きだって聞いてたし、それに女だ、引っかからないわけねえと思ったんだよ」

佐藤の告白――ほとんど悲鳴。ほとんど、おれの耳には届かない。
メグは知っていた。知っていて、涙を流した。知っていて、おれに優しく接した。
メグを殺したい。だが、おれには殺せない。
わけのわからないうなり声をあげて、おれは米屋を飛び出す。

†

佐藤のところを飛び出して飲みつづける。
途切れがちな記憶――おれは電話ボックスの透明な壁にもたれかかっている。
声――歌舞伎町で、中国人が地下カジノをやってるぜ。放っておいてもいいのか？
声――お名前をお伺いできますか？
声――風林会館裏のKビルだ。地下一階でカジノをやってる。凄《すご》い数の客が集まってる。手入れすれば、大手柄だぜ。
声――もう少し詳しい話をお聞かせ願えますか？　それと、あなたのお名前を……もしもし？　もしもし!?

†

最後は二丁目だった。デブと痩せのおカマのコンビ。膜がかかった視界。途切れる音。増幅されて聞こえる心臓の音。水を張った水槽の中を這《は》いずり回っているような感覚。

デブがいう。

「ねえ、良ちゃん。あの女、ドジ踏んだらしいよ」

痩《や》せがいう。

「ほら、あんたのカードをパクった女。調子に乗って稼ぎまくってたら、気づかないでやくざの財布盗《と》っちゃったらしいのよ」

デブがいう。

「いま、薬漬けにされて輪姦《まわ》されてるらしいよ。そのうちソープランドに沈められるって」

痩せがいう。

「極道の金を盗もうなんて、いい玉よね。どうせ、なにも考えてなかっただけなんだろうけど、これで、死ぬまで食い物にされるわよ」

デブと痩せのハーモニィ。

「よかったね、良ちゃん。これで気分も晴れるんじゃないの」

晴れるはずの気分――落ち込んでいくだけだった。

# 11

メグ——頭の禿《は》げた中年男の腕にぶらさがって店から出てきた。

「もうこんな時間だ」

禿げの声は低い。

「後で小遣いやるから、飯はそれで食えよ。とりあえず、やることやっちまうぞ」

酒に酔った声。ギャンブルに酔った声。

メグは微笑んでいる。おれに微笑んでみせるように。

路地から路地へ——ホテル街のネオンが見えてくる。禿げはメグの尻を撫《な》でまわしている。

水槽の中を這いずり回っているような感覚——一歩ごとに増していく。酸素が欲しい。

おれは喘《あえ》いでいる。道端に落ちていたウィスキーのボトル。禿げの脳天に叩きつける。

悲鳴——あがらない。禿げは崩れ落ち、メグは手を口許《くちもと》にあてた。ボトルがアスファルトの上を転がっていく。乾いた音をたてる。

おれはメグに向き直る。

「……阿良」

メグがいう。

「こいつのことはなんて呼ぶんだ？」

禿げを指差す。メグは首を振る。

「この人、小山さん。わたし、阿良呼ぶの、阿良だけよ。わかる？　広東語で名前いう、阿良だけ」

でたらめだ——信じたい。水槽の底。すべてが緩慢だった。おれは禿げのうえに屈み込む。上着を探る。財布を見つける。分厚く膨らんだ財布。こいつもはめられているのか。

「行こうぜ、メグ」

おれはメグの手を引く。すぐそばにあったラブホテルの入口に足を向ける。メグは逆らわない。

「阿良、わたし、殺すか？」

悲しげな声だけが聞こえてくる。

「そんなことはしない」

おれの声——どこか遠くから聞こえた。

†

「良さんの、硬くて太いよ」メグはいう。「女、喜ぶね」

「メグは？　メグは嬉《うれ》しいか？」

「嬉しいよ」

そういって、メグは腰を沈める。おれのペニスが湿った粘膜に包み込まれる。

メグは笑いながら嘘をつく。笑うと笑窪《えくぼ》ができる。嘘つきの笑窪。そこに包丁を突きたてる——妄想。狂おしい欲望。その中で、おれは叫ぶ。

返せ!!

そして、我に返る。返せって、なにを？　金を？　気持ちを？

「どうしてだ？」

おれは訊《き》く。

「わたし、お金稼ぐ、日本来た。それだけね」

本当のことをいうとき、メグの声は乾く。声だけじゃない。メグのあそこも乾いている。

メグのバッグの中でみつけた小さな瓶。中身はローション。それを塗らなければ、メグはおれを受け入れることができない。

嘘で塗り固められたメグ――それでも、メグを責めることはできない。メグのせいじゃない。メグがおれに望んだのは金だけだった。そのことを知っていて、おれは自ら望んだ。
水槽の底を這いずり回っている。生まれたときからそうだったような気がする。

†

財布の中には、一万円札が百枚近くあった。勝った金か、借りた金かはわからない。きっかり半分にわけた。半分を取り、半分をメグに渡した。

「明日からは、カジノには行かない方がいい」

おれはいう。息苦しさに耐えながら。相変わらず、声は遠くから聞こえてくる。

「どうして？」

「警察が来る」

「どうして、良さん、警察来る、わかる？」

「おれがチクったからだ」

メグの睫毛《まつげ》が悲しそうに伏せられる。メグはさよならもいわずに部屋を出ていく。

包丁――ベッドに突きたてる。布団とマットを引き裂く。うなり声すらも、遠くに聞こえた。

## 12

アパートにこもる。外には出ない。テレビを見つづける。ニュースを心待ちにしている。歌舞伎町の地下カジノが摘発されたというニュース――テレビはなにも伝えない。

喘《あえ》ぎながら待ちつづける。

電話が鳴る。店から。借金取りから。包丁で電話線を切った。電話が鳴らなくなる。

ドアをノックする音。無視する。だが、ノックは鳴りやまない。のろのろと立ち上がる。包丁を摑《つか》む。玄関に向かう。ドアを開ける。

カジノにいた黒服の男が立っている。男の姿は歪《ゆが》んでいる――いや、おれの視界が歪んでいる。水の中から外界を見ているように。

「やってくれましたね、阿藤さん」

声も遠くから聞こえる。テレビの音はあんなにもはっきり聞こえたのに。

「おかげで大損ですよ。落とし前をつけてもらわなくちゃね」

「どうしておれだとわかった？」

男が嗤《わら》う。笑窪ができる。笑い声は聞こえない。

「メグか？　メグが教えたのか？」

「どうだっていいでしょうが、そんなことは――」

メグはおれを売った。メグはいくら儲《もう》けたのか。

後ろに回していた手――包丁。男に向けて突きだす。笑窪に向けて。手応《てごた》えと血しぶき。

不意に世界が一変する。

視覚と聴覚が元に戻る。息苦しさが消える。笑いがこみあげてくる。

男は目を剝《む》いている。その顔から笑窪が消えていた。

「て……てめぇ」

包丁ごと男を突き飛ばす。男がくずおれる。別な男たち――血走った目。怒号。痛み――激痛。なにかがおれの腹に突き刺さっている。

メグ――声にならない声で叫ぶ。

メグ、おれにも笑いながら嘘をつく方法を教えてくれ。

叫びは水のようなものに飲みこまれる。おれは水槽の底に沈んでいく。

# 死神

# 1

ひとりずつ減っていく。確実に減っていく——久しぶりに集まった仲間の顔を見渡して、阿扁《アーピエン》は溜《た》め息をついた。

五年前、蛇頭の手配した船で九州に上陸したのは十五人だった。カラオケボックスに集まった顔は六つしかない。仕事を休めないといってきた連力《リエンリー》と朱飛《デューフェイ》と田野《テイエンイエ》を足しても九人。残りの六人はまともな職には就かず、流氓《リウマン》になった。六人とも死んでしまった。ひとりを除いて、死体は故郷に帰ることも叶《かな》わず、この国のどこかに埋められている。

五年で六人は多すぎる——阿扁は思う。日本などには来ないで福建の故郷にいれば六人とも死ぬことはなかった。だが、故郷にはなにもなかった。希望すらなかった。

「なに暗い顔してるんだよ、阿扁。飲んで歌おうぜ。今日は同志が久しぶりに集まったんじゃないか」

呉尖偉《ウージエンウエイ》が阿扁のグラスにビールを注いだ。尖偉は年内いっぱい働いて、その後は入管に出頭するといっていた。年が明けてすぐ、入管法が変わる。その前に日本を脱出しようとする同胞は多かった。

「ああ、そうだな。おまえも故郷に戻るんだし、ぱーっといかなきゃな」

阿扁はグラスを一気にあおった。テーブルの向こう側では巫小豪《ウーシアオハオ》がマイクを握っていた。歌っているのは故郷を想う歌だった。

「またひとり減るんだな」

阿扁は呟《つぶや》いた。

「馬鹿いえ。おれを死人にしたいのか、阿扁？　おれは死んでいった連中と違って、故郷に帰るだけだぞ」

尖偉の大きな手が阿扁の背中をどやしつけた。

「でも、ひとり減るのは確かだろう。おれたち、日本に来たときは十五人だった。今は九人だ。それが、年が明けたら八人になる。ほとんど半分がいなくなる計算だ。五年で半分だぞ、尖偉。あと五年たったらみんな日本からいなくなるのか？」

「当然じゃねえか。みんな、故郷で商売をはじめるための資金を稼ぎに日本に来たんじゃねえか。金が貯まったら、こんな国、だれがいたがるかよ。おまえもそうだろう？」

「おれは……そうだな」

阿扁は憂鬱《ゆううつ》そうな表情を浮かべ、仲間の顔を順番に見つめた。小豪の下手くそな歌を、他の連中が囃《はや》し立てていた。五年前、日本の地に立ったときはみんな死人のような顔をしていた。今はアルコールに酔い、艶《つや》のある赤らんだ顔を輝かせている。

「金が貯まったら、おれも帰るだろうな」

阿扁はいった。

「だろう。他の連中みたいに流氓になっちまって犬みたいに殺されるのとはわけが違うんだからよ、そんな暗い顔するなって」

グラスにまたビールが注がれた。

「さあ、飲め、飲め。みんなが羨《うらや》むような仕事に就いてるおまえがそんな暗い顔してたら罰が当たるぞ」

「みんなが羨むような仕事か……」

「なんだ、おまえ馘《くび》になったのか？」

「いや、そんなことはないよ」

阿扁は笑いながらビールに口をつけた。身体《からだ》を動かした拍子に、腰に差した拳銃《けんじゅう》が背中の皮膚にめり込んだ。

## 2

方文卓《ファンウエンヂュオ》が最初に死んだ。日本に来て半年が経ったころだ。文卓は叔父《おじ》を頼って池袋に行った。叔父は流氓だった。だから、自然と文卓も流氓の道を歩いた。敵対する流氓のグループに集団で暴行されて死んだ。復讐《ふくしゅう》を狙った叔父も返り討ちにあった。

一緒に日本に来た十四人で新宿のレストランに集まり、文卓の冥福《めいふく》を祈った。その時、文卓の他にも五人が流氓になったことを知った。

次にひとり減ったのは一年後だった。死んだのは王俊《ワンジュン》だった。警察に職務質問を受けそうになり、逃げようとして車に轢《ひ》かれた。死体は故郷に送られた。残った十三人はなけなしの金を差しだし、それを王俊の両親に送金した。

三番目に死んだのは何永康《ハーヨンガン》だ。阿扁はその夜、何永康と赤坂で食事をとる約束をしていた。何永康は羽振りがよさそうだった。いい服を着、高い食い物を頼んだ。すべて何永康の奢《おご》りだった。恐縮する阿扁に、何永康は気にするなといった。食事が終わりかけたころ、女がやって来た。

おれの女だ。――何永康はいった。上海の女なんだ、垢抜《あかぬ》けてるだろう？　福建の女とは大違いだ。阿扁、金さえ持っていれば上海の女だろうが北京の女だろうが好きにできるんだぜ。

女の腰に手をまわして、何永康は得意満面だった。

食事が終わり、三人で店外に出た。タクシーで送るから一緒に帰ろうという何永康の申し出を阿扁は丁重に断った。一緒に日本に来た仲間だといっても、流氓は流氓だった。調子に乗って付き合っていると、後で痛い目に遭うのは、他の連中を見てよく知っていた。

何永康と女に背を向けて歩き出したとき、車の急ブレーキの音が聞こえた。振り返ると、何永康の脇に黒塗りの車が止まったところだった。三人の男たちが車から降りてきた。三人は何永康を取り囲み、車に乗せた。車は走り去った。あっという間の出来事だった。走り去る車のテールランプに、女が冷ややかな眼差《まなざ》しを向けていた。

阿扁は女の脇に駆け寄った。なにが起こったんだと女に訊《き》いた。

あいつ、調子に乗りすぎたのよ——女は嘲笑《ちょうしょう》を浮かべた。福建くんだりの田舎者のくせに、調子に乗りすぎたの。だから、消されることになったのよ。あんた、今見たこと、だれにもいわない方がいいわよ。

何永康はおまえの恋人じゃなかったのか——阿扁は女を詰《なじ》った。女の嘲笑が繰り返された。

なんでわたしがあんなやつを好きにならなきゃならないのよ――女は足早に去っていった。

その夜以来、何永康の姿を見たものはなかった。

阿扁は自分が見たことを十一人の仲間に告げた。だれもが何永康が死んだことを悟った。だが、それまでのふたりのように全員で集まることはなかった。何永康が死んだという証拠はどこにもないからだった。

## 3

マイクが巫小豪から崔燦森《ツィツァンセン》に手渡された。スピーカーから張學友《ジャツキーチュン》の曲が流れてきた。かつての香港のトップ歌手は、今では中国語圏で最高の人気を誇る歌手にまでのぼりつめている。中国人が集まるカラオケボックスで、張學友の歌が流れないことはない。

「飲んでるか、阿扁?」

「ああ、飲んでるよ」

歌い終わった小豪が阿扁の隣りに腰をおろした。

「それにしちゃ、冴《さ》えない顔をしてるじゃないか」

「おれの顔は昔からこうだよ」

「それはわかってるけどよ――しかし、燦森のやつ、張學友にそっくりな声で歌いやがる。あれで、女を何人もナンパしてるんだぜ。羨ましいよな」

燦森は歌――というより物真似がうまかった。人気歌手の歌を、人気歌手そっくりに歌うので、こうした宴会ではいつも燦森にスポットライトがあたる。

「おまえには女房がいるじゃないか」

小豪には故郷に戻ったら結婚しようと誓いあった女がいた。小豪と女は日本で知り合った。今ではふたりで安アパートに住み、倹約を旨としてつつましい暮らしを送っている。

「故郷に帰ったら遊べないんだからよ、日本にいる間にぱーっとやっておきたいじゃねえか」

「帰るのか？」

「ああ、慈芬《ツーフェン》とも話し合ったんだが、入管法が変わると、自分で出頭しても三十万の罰金を取られるだろう？　まだふたりで決めた額まで金が貯まったわけじゃないんだが、三十万も取られるのは馬鹿らしいから、入管法が変わる前に帰ろうかって話になってるんだよ」

慈芬というのは小豪の婚約者の名前だった。

「そうか、おまえも帰るのか……」

「本当はもう少しこっちにいたいんだけどな……やっぱり、三十万はでかすぎるぜ」

「そうだよな、三十万だもんな」

日本で暮らすことを考えれば、三十万はそれほどの大金ではない。だが、中国へ帰ることを考えれば、三十万は大金だった。

「おまえは帰らないのか、阿扁？」

阿扁は弱々しく微笑んだ。

「おれはおまえと違って明確な目的がないからな、なかなか金が貯まらないんだよ」

仲間に嘘をつくのは苦痛だった。だが、貯めた金を騙《だま》し取られたとは口が裂けてもいえなかった。

「なんだよ、阿扁。おれたちの中じゃ、おまえが一番の稼ぎ頭なんだぜ。おまえの会社、ボーナスも出るって話じゃないか」

「いくらいい給料をもらったって、使っちまえば貯まらないさ」

「なんに金を使ったんだよ？　おまえ、酒も飲まないし、博奕《ばくち》もやらないだろう。女でもできたのか？」

阿扁は曖昧《あいまい》にうなずいた。

「なんだ、紹介しろよ。水臭いじゃないか」

「水商売やってる女なんだ。だかち、紹介しづらくって」

「そんなこと、おれたちが気にするかよ」

「まだ、みんなには内緒にしておきたいんだ。おまえが故郷に戻る前に、またみんなで集まろう。その時、連れてくるよ」

「よし、楽しみにしてるからな」

燦森の歌が終わった。拍手がはじまり、阿扁と小豪もそれに倣った。燦森は大袈裟《おおげさ》にお辞儀をしてマイクを任思凱《レンスーカイ》に渡した。スピーカーからは伍佰《ウーパイ》のメロディが流れてくる。大陸の人間は大陸の歌手の歌を滅多に歌わない。歌うのはいつだって香港や台湾の歌だ。

「おまえが帰ると寂しくなるな。十五人が七人だ」

「なんだ、それ?」

「おれたちは十五人で日本に来たじゃないか。それなのに、五年で七人に減るんだ」

「おれを文卓や永康たちと一緒にするなよ。おれは確かに日本からいなくなるけど、死ぬわけじゃない」

「わかってる。だけど、十五人が七人に減るのは事実じゃないか。もう何年か経ったら、みんないなくなる。そう考えると、しんみりするのさ」

「おいおい、今日は尖偉の送別会だぜ。そんな辛気臭いこと考えるなよ」

「来るべきじゃなかったかもな……」

阿扁は呟《つぶや》いた。呟きは思凱の歌声に吹き飛ばされそうだった。だが、小豪は顔色を変えた。

「おまえ、まだ気にしてるのか？」

「気にするさ。何永康も銭寶生《ジエンパオシャン》も蘇中信《スーヂョンシン》も、おれと会った直後に死んでるんだぜ」

「あいつらは流氓《リウマン》なんかになっちまったから死ぬことになったんだ。おまえがその場に居合わせたのはただの偶然だよ。それが証拠に、文卓と俊はおまえと会わなくても死んだだろうが」

小豪のいうとおりだった。だが、それでも釈然としない想いが残る。

「死んだやつらはみんな流氓だったけど、おれたちは違う」小豪は言葉を続けた。「おれたちはそんなことにはならねえよ。おれたち、堅気だからな」

日本人から見れば、おれたちも犯罪者だぜ――阿扁は言葉を飲みこんだ。理屈を捏《こ》ねても意味はなかった。

それに――阿扁はソファの背もたれに体重をかけた。腰の拳銃《けんじゅう》の感触に首筋の肌が粟立《あわだ》つのを感じた。

## 4

四番目に死んだのは銭寶生だった。日本に来て三年目の冬だった。銭寶生は渋谷を縄張りにする上海の流氓グループで使い走りのようなことをやっていた。流氓になってしまった他の連中とは違って、銭寶生は他に何もできないからしかたなく流氓になった口だった。その流氓の世界でも、仕事のできないろくでなしとみなされていた。

銭寶生は気のいい男だった。暴力沙汰《ざた》が嫌いで、女が好きだった。いつか、日本の女を抱いてやるんだ――それが銭寶生の口癖だった。勘違いするなよ、おれが抱きたいのは商売女じゃない、素人の日本人だ。おれのマラで日本の女をよがらせてやるのさ。銭寶生は暇があれば渋谷のセンター街をぶらつき、通りを闊歩《かっぽ》する若い日本女を眩《まぶ》しげに見つめていた。

銭寶生から電話があったのは、十二月も半ばを過ぎたころだった。銭寶生はいいにくそうにしながら金を無心してきた。いつもなら断るところだった。だが、阿扁は生まれて初めて手にしたボーナスに舞いあがっていた。多少の金なら都合できないこともないと答え、新宿で会う約束をした。

待ち合わせたのは風林《ふうりん》会館近くの、古い酒場が集まった一角だった。上海人が潰《つぶ》れたバーを買い取って、上海料理を出す居酒屋に改装した店があった。久しぶりに大陸の酒を飲み、うまくもまずくもない料理を頬張った。近況を報告しあい、他の仲間の話で盛りあがった。金の話が出たのは酔いが充分にまわってからだった。

いくらなら貸してくれる?――銭寶生は恥ずかしそうにいった。

十万ぐらいなら――阿扁は答え、どうして金が必要なのか訊《たず》ねた。

女さ――銭寶生は頬を赤らめた。いま、気に入ってる日本女がいるんだ。向こうも悪い気じゃないらしいんだな、これが。ところがよ、相手は日本女じゃねえか。金がかかってしょうがねえのさ。

騙されてるんじゃないのか――阿扁は思った。言葉には出さなかった。だが、顔には出たらしかった。銭寶生は顔をさらに赤くして日本女のことをまくしたてた。

まだ若いけど、いい女なんだ。香港映画が好きでよ、たまに大久保の中国人しか来ないカラオケボックスに来てやがったんだよ。そこで香港の歌手のカラオケを歌うんだ。日本のカラオケボックスには香港の歌なんかないだろう? だけど、言葉がわからないじゃねえか。おれが教えてやったのさ。それがきっかけになって話をするようになったんだ。

その女とはもうやったのか?――阿扁は訊《き》いた。

まだだ――銭寶生は答えた。今度のクリスマスイヴに一緒に飯を食う約束をしてるのさ。その時にやるつもりなんだが、先立つものがねえんだ。

阿扁は銭寶生に十万円を渡した。銭寶生は年が明けたら必ず返すと何度も繰り返した。金を受け取ると、銭寶生はほっとしたようだった。酔いがさらにまわったようでもあった。女をどうやって抱くつもりなのか、しつこく話しはじめた。

阿扁ははじめは銭寶生の話を信じてはいなかった。銭寶生は醜男《ぶおとこ》だった。日本の女が本気で銭寶生に惚《ほ》れるとは思えなかった。だが、銭寶生の話を聞いていると、まんざら嘘ではないという気もしてきた。それほど女のことを語る銭寶生の口調には熱がこもっていた。

そろそろ河岸《かし》を変えようか――銭寶生の話に一段落がつき、勘定を払おうとしていたとき、連中が店に入ってきた。黒いサングラスをかけた二人組――渋谷で見かけたことがあった。銭寶生の兄貴分たちだった。

ふたりに気づいて、銭寶生は慌てて腰をあげた。座っていた椅子が音を立てて転がった。

「寶生、このクソ野郎が」

ふたりのうち、後から入ってきた方が叫んだ。もうひとりは背広の内側からナイフを抜いた。ふたりは阿扁と他の客には目もくれず、銭寶生に襲いかかっていった。

銭寶生の悲鳴と血飛沫《ちしぶき》が飛んだ。店にいた人間が出口に殺到した。阿扁も店を飛び出した。一度も振り返らずにひたすら走った。

呼吸の苦しさに足をとめたときには新宿二丁目近くにいた。銭寶生の悲鳴が耳にこびりついていた。床に飛び散った真っ赤な鮮血が目に焼きついて離れなかった。それでも、歌舞伎町に戻ろうという気にはなれなかった。

タクシーに乗ってアパートに帰った。頭から布団をかぶり、顫《ふる》えが収まるのを待った。無駄な努力だった。人が殺されるのを見たのは初めてだった。それまで感じたことのなかった恐怖——あいつらはおれの顔を見ただろうか？　おれを殺しに来るのだろうか？　銭寶生の馬鹿野郎はいったいなにをしでかしたんだ？

二日間、アパートを出なかった。会社には風邪を引いたと伝えた。三日目になって、ようやく恐怖が薄らいできた。蘇中信に電話をかけた。蘇中信は新宿で流氓をやっていた。銭寶生のその後について知っていると思ったのだ。

「寶生？　死んだよ」蘇中信はいった。「あの馬鹿、女にいれあげて組織の金を使いこみやがったんだ」

女というのは日本人か？——阿扁は訊ねた。

「ああ、渋谷のキャバクラの女だ。あの馬鹿、カモにされてるのにも気づかねえで毎週通ってたらしい」

キャバクラの女――香港映画とは無関係だった。クリスマスにデートするという話もでたらめだった。

蘇中信は「あの馬鹿」という言葉を十回以上口にした。

おれはだいじょうぶだろうか？――阿扁はいった。おれ、銭寶生が殺された店に一緒にいたんだ。

蘇中信は笑った。阿扁は肩から力が抜けていくのを感じた。

「何永康も寶生も、おまえと会った直後に死ぬとはな。まるで死神みたいじゃないか、阿扁。死神が簡単に死ぬかよ」

蘇中信はそういって電話を切った。

耳に残る銭寶生の悲鳴と目にこびりついた血飛沫は一週間もするときれいに消え去った。だが、蘇中信がいった「死神」という言葉はいつまでたっても脳裏から消えることがなかった。

三日後、呉尖偉から仲間だけで銭寶生の葬式をやると連絡があった。阿扁は口実を設けて出席を固辞した。

## 5

巫小豪と入れ代わるように崔燦森が隣りにやって来た。

「小豪から話聞いたかい、阿扁?」

「ああ、あいつも帰るらしいな」

「わかんねえよな」

燦森は頭を掻《か》いた。

「わからないって、なにが?」

「なんでみんな帰りたがるんだ? 故郷になんか、なにもありゃしねえじゃないか」

「そりゃそうだが、生まれ育ったところだし、家族がいる」

「家族か……おれんとこの両親なんてよ、おれが帰るよりこっちに残って金を送ってくれる方がいいなんてぬかしやがるぜ」

燦森はいった。口調に屈託はなかった。

「そういうなよ、燦森」

「別によ、愚痴いってるわけじゃねえんだぜ、阿扁。おれはお調子者だからよ、親にはよく迷惑をかけた。故郷に戻ってまた面倒を起こされるのはたまらねえって思うの、よくわかるんだ。おれがいいたいのはよ、なにを好きこのんであんななにもねえところにみんな帰りたがるんだってことよ」

「日本が好きなんだな、燦森」

「当たり前じゃねえか。きれいな女は掃いて捨てるほどいるし、食い物だって腐るほどある。なんでもかんでも高すぎるのが玉に疵《きず》だが、おれの田舎よりは百倍暮らしやすいぜ」

「だけど――」阿扁は腕を組んだ。「ここじゃ、おれたちは異邦人だ。警官の姿を見かけるたびに隠れなきゃいけないし、せっかく職を見つけても待遇は悪い。故郷に戻れば、どうどうと道を歩けるし、ろくでもない連中のいいなりになる必要もないじゃないか」

「だけど、あそこにはなにもねえ」燦森は吐き捨てるようにいった。「それによ、待遇がどうのこうのって、おまえのいう台詞《せりふ》じゃねえだろう、阿扁。おまえはよ、日本人並の給料もらってるじゃねえか。阿福公司の社長ってのは、こっちの永住権持ってるんだろう？そういうやつが後ろ楯《だて》についてくれるんなら、おまえにはなんの心配もいらねえ。違うか？」

違う――そう答えそうになって、阿扁は唇を舐《な》めた。

違うんだ、燦森。この国は一見平和そうだが、あちこちにハイエナがいる。阿福公司もそうだった。社長の王正輝《ワンヂョンホイ》はいつだって人のよさそうな笑みを浮かべていたが、結局はおれの金を騙《だま》し取りやがった。

「そうだな、燦森。おれは恵まれてるさ」阿扁は胸の内に宿った思いとは違うことを口にした。「だけど、それでも故郷に帰りたいと思うときがあるよ」

「わけがわからねえよ、阿扁」

「確かにおまえのいうとおり、福建にはなにもない。痩《や》せた土地と険しい山があるだけだ。おれもな、故郷にいたときは、故郷が嫌いで嫌いでしょうがなかった。でも、こっちに来ると、たまに思いだすんだ。近所の連中と遊んだ野っ原だとか、栗を拾いに行った山のことだとかをな」

「頭がおめでたくできてるんだよな、おめえらはよ」燦森はマイクを握っている任思凱を指差した。「おれと思凱はよ、絶対に故郷には戻らねえって決めてるんだ。日本で楽しくやってよ、年とってくたばるならそれでかまわねえ。故郷みたいななんにもねえところで、ただ朽ち果ててくよりはよっぽどましだ」

「そうかもしれないな……だけど、燦森、おまえだって承富《チョンフー》が死にかけてるの見ただろう？　日本にいたら、あんなふうになるかもしれないぜ」

「おれはならねえよ。だいたい、流氓《リウマン》になるなんて、馬鹿のすることなんだからよ」

燦森はビールを呷《あお》った。任思凱の歌も終わった。狭い部屋の中で拍手と歓声が谺《こだま》する。

燦森は拍手はしなかった。声をあげることもなかった。

## 6

五番目に死んだのが梁《リアン》承富だった。承富は肝炎にかかって死んだ。去年の春のことだ。

承富が入院しているのを知ったのは、燦森から電話があったからだった。

燦森の話によると、承富は大久保の路上で倒れているところを発見されたらしかった。

ずっと身体の具合が悪かったらしいんだけどよ――燦森はいった。おれたち、病院には行けねえじゃねえか。もぐりの医者はえらく高いしよ。

そうだな――阿扁は答えた。医者に行けずに体を壊していった不法滞在の外人を、阿扁は何人か知っていた。

それでな、病院の医者が診察したんだけど、手遅れらしいんだ――燦森は続けた。声は沈んでいた。見舞いに行ってやりてえんだけどよ、病院におまわりとか入管の連中がいたらおしまいじゃねえか。なんとかならねえかな、阿扁。

社長に相談してみる――阿扁は答えた。

社長——王正輝は見舞いに行っても平気だといった。見舞客の身分をいちいち確かめるような非民主的なことは、いくら日本の警察でもやらないと。それでも心配なら、王正輝がついていってもいいとまでいってくれた。

阿扁は王正輝の申し出を断った。燦森と待ち合わせ、ふたりで病院に行った。

「死神」という言葉が頭をよぎったが、病人を放っておくこともできなかった。

承富は死にかけていた。目の周りは黒ずみ、唇は干からびていた。肌には黄疸《おうだん》が出ていた。ほんの少し口を開くだけで、荒い呼吸を何度も繰り返さねばならなかった。

承富は大久保のアパートに今まで貯めた金を隠してあるといった。その金を故郷の両親に送ってくれと懇願した。やくざ仕事で儲《もう》けた金だが金は金だといった。

阿扁は承富の願いを聞き入れた。燦森は一言も口をきかなかった。暗く沈んだ視線を黄ばんだ承富の肌に向けているだけだった。

承富は死ぬ——阿扁にも燦森にも痛いほどわかっていた。

もっと早く医者にかかっていれば——病室を出ようとすると看護婦がいった。肝炎って死ぬような病気じゃないのよ、本当は。

承富は喋《しゃべ》り疲れて眠っていた。阿扁は看護婦にはなにも答えなかった。燦森は看護婦を睨《にら》みつけただけだった。

あの時ほど日本人の残酷さが身に沁《し》みたことはなかった。

くそ——病院を出ると燦森がいった。くそ、くそ、くそ、くそ——燦森はなにかに取り憑《つ》かれたように続けた。

承富のアパートの冷蔵庫の中から八十万の現金を見つけた。やくざ仕事を三年近くやって貯めた金がたったの八十万だった。

承富は阿扁たちが見舞いに行った三日後に死んだ。阿扁と燦森は金を承富の両親に送った。遺体をどうするかと問い合わせた。承富の病気が肝炎だったと知ると、承富の父親は縁起でもないといった。

承富の遺体は日本で焼かれて無縁墓地に葬られた。

残った仲間で墓参りをした。蘇中信が皮肉っぽく囁《ささや》いた。

「死神の力ってのは凄《すご》いもんだな、阿扁」

阿扁は中信に殴りかかった。簡単に躱《かわ》されて殴り返された。他の連中が中に割って入り、阿扁と中信は引き離された。

「どうしたんだ、おい?」

尖偉がいった。

阿扁も中信もなにも答えなかった。

# 7

任思凱の次にマイクを握ったのは徐僑《シウチアオ》だった。徐僑は甲高い声で女の歌を歌いはじめた。室内に笑い声が響いた。燦森が徐僑の隣りにいって、奇妙な踊りを踊った。笑い声はさらに大きくなった。

燦森が去って空いた席に思凱が座った。

「相変わらず馬鹿だよな、あのふたり」

「楽しくていいじゃないか」阿扁は微笑を浮かべた。「尖偉の送別会にぴったりだ」

「だよな。ほんとに宴会向きの連中だよ」

思凱は燦森の飲みかけのビールに口をつけた。

「小豪も近いうちに故郷に帰るっていってるし、その時もあいつらに盛り上げてもらおうじゃないか」

阿扁は思凱のグラスにビールを注ぎ足した。

「小豪も帰るのか?」

「さっき、そういってたよ。やっぱり、三十万の罰金が気になるらしい」

「まあ、わからないじゃないがな……あんたはどうするんだ、阿扁？」

「おれはもうしばらくこっちにいるよ」

「そうだよな。あんたは慌てて帰る必要がないもんな」

帰りたくても帰れないのさ——阿扁はビールを口に含んだ。

「おまえと燦森は死ぬまで故郷には戻らないんだって？」

「そのつもりだよ。金をこさえて戻ってもやれることはたかが知れてるしな……」

思凱は漠然とした視線を燦森の方に向けた。僑と燦森の歌と踊りは佳境に入りつつあった。

「梁承富が死んだ後かな、燦森のやつ、すごく落ち込んでたんだ」

「病院に一緒に行ったから知ってるよ」

「ああ、そうだったな」思凱は煙草をくわえた。「とにかく、ひどい落ち込み方でさ、あのまま故郷に帰っちまうんじゃないかと思ってたんだけどな。ある時、急に開き直ったように明るくなりやがって、絶対故郷には帰らないっていいだすようになったのさ」

「そうだったのか」

「まあ、あいつの気持ちもわからないでもないがな。承富の悲惨な死に様を見たら、だれだってそうなるかもしれんよ。あんたはどうだ？」

拳銃《けんじゅう》が腰の肉に食い込んで痛かった。阿扁は尻《しり》の位置をずらした。

「おれは死神だからな……何永康が死んだ時はそりゃ落ち込んだけど、慣れてしまったよ」

「そういういい方はよせよ、阿扁。自分が惨めになるだけだぜ」

「だけど、みんなおれと会ったあとでくたばるんだ」

「そんなの、ただの偶然さ。おれたちの仲間うちでおまえが一番頼りがいがあるから、みんなおまえに会いたがるんだ。流氓《リウマン》なんかやってる連中はいずれどこかでくたばる運命にあるし、たまたま、おまえと会ったあとでその運命に出くわしたってだけのことさ。おれたち堅気の連中はおまえに会ったってなにも起こらないじゃないか」

「だといいけどな」

阿扁はビールを口に含んだ。ビールはぬるく、気が抜けていた。

「だけどよ、蘇中信はなんでおまえに会いにいったんだろうな？　おまえのこと、死神っていいだしたのはあいつなんだろう？」

「中信がなにを考えていたかなんて、おれにはわからんよ」

阿扁は冷たいビールをグラスに注ぎ足した。福建では冷えたビールなど飲んだことがなかった。ビールといえば生ぬるいものと相場が決まっていた。それが今では、冷えていないビールを飲むと頭にくる。

人間は変わる。簡単に変わってしまう。

阿扁は思凱に気づかれないように手を腰の後ろにまわした。拳銃の銃把を握った。

中信もそうだった。中信は日本に来てすっかり変わってしまった。いや、その前から中信は変わっていた。

## 8

蘇中信から電話がかかってきたのはちょうど半年前だった。梅雨があけ、本格的な夏が訪れようとしているころだった。

暇あるか？　ちょいと頼みたいことがあるんだ――中信はいった。

いいのか？　おれと会うとおまえも死ぬことになるかもしれないぜ――阿扁は答えた。

中信は笑った。おまえが死神なら、おれは不死身の男だ。日本に来てたった五年の間に数えきれねえぐらいの修羅場に出くわしてきたが、いつだって生き残ってきたんだからな。おまえと会ってくたばったやつらは、頭も度胸も運もなかったのさ。おれは違う。

阿信――阿扁は昔のように中信に呼びかけた。阿信、おれはおまえに会いたくない。おまえまで死なせたくはない。

馬鹿いえ、おれは死なねえよ、そういう巡り合わせになってるんだ——中信は阿扁の言葉を取り合わなかった。

その夜はまんじりともできなかった。翌日、会う約束をさせられた。死んでいった連中のことを思い、中信のことを思った。同じ船で日本にやって来た十五人の中で、阿扁と中信だけが同郷の出身だった。阿扁の父親は共産党員、向こうの家は農家ということであまり付き合いはなかったが、中信のことはよく知っていた。中信は子供の時分から近隣でも有名なガキ大将だった。ただ悪さをするだけではなく、正義感に篤《あつ》く、たぐい稀《まれ》なリーダーシップを持っていた。あいつはいつか大物になるぞ——固いことで有名だった阿扁の父親でさえそういっていたほどだった。

中信が十六の時、中信の父親が死んだ。一家の大黒柱を失った蘇家は極貧生活を歩むことになり、中信も変わっていった。中信はやくざ者と付き合うようになった。密輸品やポルノ写真を街に出ては売り捌《さば》くようになった。昔はなかった険が表情に表われるようになった。近隣の人間は中信を見かけるたびに眉《まゆ》をひそめるようになった。

人は変わる。簡単に変わってしまう。

翌日は雨だった。阿扁は重い足取りで待ち合わせの場所に向かった。大久保の台湾料理店は新宿近辺で働く不法滞在の中国人で混み合っていた。店内に目を凝らしても、中信の姿はなかった。

テーブルに空きはなかった。阿扁は店の外で中信を待った。約束の時間を三十分過ぎても中信は現われなかった。あと十分——それだけ待っても来なかったら帰ろう。そう決めた時、雨をかき分けるように中信が走ってくるのが視界の隅に映った。

待たせて悪かったな——中信はいった。顔色が悪かった。店は満席なのか？　しかたがねえ、他の店に行こう。中信は右手に重そうな旅行鞄《かばん》をぶら下げていた。

中信に案内されたのは職安通りと区役所通りの交差点近くの雑居ビルの中の上海クラブだった。

マズいんじゃないのか？——阿扁はいった。阿扁たちは福建人だった。堅気の世界ではそうでもないが、流氓たちの世界では上海の連中とは折り合いが悪いはずだった。

かまわねえよ——中信は笑った。ここを仕切ってる連中とは仕事をしてるんだ。おれたちが福建人だからって、いきなり刺されることはねえ。

ボーイに案内されて店の一番奥の席に座った。ホステスたちがやって来たが、中信は追い返した。

話が終わったら女を呼ぼう——中信は煙草をくわえた。気に入った女がいたら遠慮せずにいえ。おれが話をつけて安く遊べるように手配してやる。

中信の言葉には何永康や銭寶生のような胡散臭《うさんくさ》さは感じられなかった。中信は持ち前の頭脳と度胸で、新宿の黒社会でも名前を成しつつあった。

女はいいよ——阿扁はいった。それより、話ってなんだ?

中信は目を細めた。ナイフのように鋭い視線を左右に向けた。テーブルの下に置いた旅行鞄を足で阿扁の方に押しつけた。

この鞄をしばらく預かってもらいてえんだよ、阿扁——中信は囁《ささや》くようにいった。

ボーイがブランディのボトルと氷を運んできた。中信は口を閉じた。ボーイが去ると、またいった。

頼む、阿扁。おまえしか頼めるやつがいねえんだ。

中身はなんだ?——阿扁は訊《き》いた。

中信は一瞬躊躇《ちゅうちょ》し、それから自嘲《じちょう》するように笑った。覚醒《かくせい》剤と拳銃だ——そう答えた。

冗談じゃない、どうしておれがそんなものを——叫びそうになるのをこらえて、阿扁は小声で訴えた。

わかってる、わかってるって——中信はなだめるようにいった。おまえが堅気なのはわかってる。それでも、おまえしか頼めるやつはいねえんだ。この鞄の中に入ってる覚醒剤を売っぱらえば、一千万以上の金になる。そんなものを、おまえ以外のやつに預けてみろ、持ち逃げされるに決まってるじゃねえか。

おれだって持ち逃げするかもしれない――阿扁は弱々しい声でいった。

いいや、おまえはそんなことはしねえ――中信はいい張った。おまえはそんなことができるやつじゃねえんだ。

持ち逃げはしなくても、恐くなってどこかに捨ててしまうかもしれない。――もう一度抗《あらが》ってみた。

そんなことしねえって、おまえは今時珍しい馬鹿正直な男だからな――中信は煙草の吸い殻を灰皿に押しつけた。だから、みんなはくたばる前におまえに会いに行くんだ。死んでいった連中には多分予感ってものがあったんだ。それで、くたばる前に自分が一番信頼できるやつに会いに行ったのさ、阿扁。

おだてるのはやめてくれ、阿信、おれは弱い人間だ。そのことはあんただって知ってるだろう。おためごかしはごめんだ――阿扁は叫んだ。店中の視線がふたりに集まった。

大声出すなよ、阿扁、みっともねえじゃねえか――中信は他の客を睨《にら》みつけた。

ごめんだよ、阿信、なんだっておれがそんなものを預からなきゃならないんだ――阿扁は声を抑えた。

おれを目の仇《かたき》にしてる連中がいてよ、そいつらが近々襲撃をかけてくるって噂を小耳に挟んだんだ——中信は落ち着いた声でいった。返り討ちにしてやるのは簡単なんだが、万が一派手な修羅場になって、日本の警察がやって来たらやべえんだよ、阿扁。だから、しばらくの間、こいつを他の場所に置いておきてえんだ。
中信は死ぬ——天啓のように阿扁は悟った。中信は死ぬ。だから、おれに会いに来る羽目になったんだ。
だめだ——阿扁は首を振った。そんなもの、絶対に預かれない。勘弁してくれ、阿信。中信が死ぬ様々なイメージが脳裏に流れ込んで来た。いたたまれなかった。阿扁は席をたち、逃げるように店の外に出た。エレヴェータは使わずに階段を駆けおりた。ビルの外に出ても走り続けた。中信は追ってこなかった。
どうして中信と会う約束をしてしまったんだ——阿扁は走りながら自分に毒づいた。おまえのせいで中信は死ぬぞ。おまえが会ったりなんかするから、中信は死ぬんだ。どうして断らなかったんだ？　どうして断れなかったんだ？　どうして!?
一週間後、聞いたこともない名前の男から電話がかかってきた。男は中信の弟分だといった。その瞬間、阿扁は中信が死んだことを悟った。
不意打ちを食らったんです——電話の男はいった。中信はひとりで飯を食ってる時を狙われた。ひとり対五人。襲った連中はナイフと中華包丁で武装していた。中信はめった切りにされて死んだ。

預かり物があるんです——電話の男が続けた。兄貴が死ぬ前にあなたに渡せといったんです。

翌日、阿扁は電話の男から中信の遺品を受け取った。あの夜、中信が手に持っていた旅行鞄だった。覚醒剤は入っていなかった。拳銃が入っているだけだった。

どうしてこんなものをおれに？——阿扁は訊いた。

わかりません——男は首を振った。阿扁に背中を向け、去っていった。

中信の死はすぐに仲間うちに伝わった。尖偉や小豪から阿扁の携帯に何度も電話がかかってきた。阿扁は決して電話には出なかった。

## 9

「暗い顔をして、なにを話してるんだ？」

歌い終わった徐僑が阿扁と思凱の方にやって来た。

「蘇中信の話をしてたんだよ」

「死人の話なんかやめろよ、けったくそ悪い。今日は尖偉の里帰りを祝う日だぜ。そんな話をするぐらいなら歌えよ。阿扁、今日は一曲も歌ってないだろう?」

「今日は遠慮しとくよ。風邪ぎみで喉《のど》の調子がよくないんだ」

「なにいってるんだ、これぐらいの寒さで情けない。福建の冬はこんなもんじゃなかっただろうが」

徐僑は山間《やまあい》の村の出身だった。福建は台湾と海峡を挟んだ向かい側にあるが、山間地の冬の寒さは厳しかった。

「環境が変われば、人も変わるんだよ、僑」

阿扁は正面のテレビモニタに目を向けた。徐僑が歌い終わったあと、マイクを握ろうとする人間はいなかった。モニタには成龍《ジャッキーチェン》の映画が映しだされていた。成龍のきらびやかな蹴《け》りが、拳銃《けんじゅう》を持った白人の悪党どもをなぎ倒していく。

「確かにな」徐僑もモニタに視線を向けた。「おれだって成龍ぐらい強けりゃ、違う人生を送ってたかもしれねえよ」

「おれは李小龍《ブルースリー》の方がいいな——ちょっと小便してくるわ」

思凱は腰をあげ、部屋を出ていった。

「李小龍だとよ。早死にしたいのかね、あいつは。成龍みたいに四十すぎてから若い女優を孕《はら》ませる方がよっぽどいいと思わないか、阿扁？」

「そうだな。死んじまったら、それまでやって来たことも全部ゴミくずみたいになるからな」

カラオケが途絶えた室内では、思い思いに喋《しゃべ》る声だけが響き渡っていた。福建訛《なまり》を隠そうともしない北京語——日本に来てから、だれも故郷の言葉を話さなくなった。北京語を話さなければ、うまい仕事にありつく可能性も低くなる。

「ちょっと相談したいことがあるんだけどな、阿扁」

徐僑が声をひそめた。

「なんだい？」

徐僑の相談というのは見当がついた。それでも敢《あ》えて訊き返した。

「少しばかり金を貸してもらえないか？　子供の具合があんまりよくないらしいんだ」

徐僑には故郷に六歳になる男の子がいる。子供は身体が弱かった。しょっちゅう医者にかかり、徐僑たちの乏しい貯《たくわ》えが減っていく。そのまま故郷で働いていたのでは、一家三人で首を吊《つ》らなきゃならなくなる——徐僑はそうして日本行きを決意した。

「具合が悪いって、また病気か？」

「そうらしい。年を取れば少しは元気になるかと思っていたが、ますます病弱になっていくだけだ。あんまり長生きはできないかもしれねえ」

「そんなことをいってると、現実になるぞ」

「そうならねえように、金を貸してくれ、阿扁。来月の末には返すからよ」

これまでにも徐僑に金を貸したことはたびたびあった。徐僑が返済の約束を破ったこともなかった。

「悪いけど――」阿扁は徐僑から顔を背けた。「貸せないよ、徐僑」

「なんでだよ？　おれが約束を破ったことあるか？　来月中に必ず返すよ」

「そういう問題じゃないんだ、僑」

阿扁は椅子の背もたれに体重を預けた。拳銃が肉に食い込む。引き金を引いた時の感覚がありありとよみがえってくる。

「冷たいじゃねえか、阿扁」

「貸してやりたくても、金がないんだ」

「そんなはずないだろう。ボーナスだって出たばっかりじゃないか」

「全部騙《だま》し取られた。給料もボーナスも、貯めてた金も、全部取られてしまったんだよ、僑。おれは一文なしさ」

「騙し取られたって……」徐僑は目を剝《む》いた。「いったい、だれがそんなことを？」

「王正輝さ」

「おまえのとこの社長じゃないか。社長がなんだって……騙し取られたのがわかってるんなら、取り返せばいいじゃねえか。王正輝はどこにいるんだ？　おれも付き合ってやるからよ、阿扁、金を取り戻しに行こうぜ」

「王正輝はどこにもいないよ」

阿扁は疲れきったような声を出した。徐僑が怪訝《けげん》そうに顔をしかめた。

「どこにもいないって、どういうことだよ？」

「死んだんだ。おれが殺した」

阿扁は笑った。笑い声は乾いていた。

## 10

新しい事業に君も投資しないか――王正輝にそう持ちかけられたのは夏も終わりを迎えようとしているころだった。これからはＩＴだよ、王正輝はそういった。

要するにインターネット関連株の取引に参加しないかということだった。まだそれほど注目されていないネット関連株を買い漁《あさ》り、高騰したところで売り抜ける。

わたしは一億用意するつもりだよ――王正輝は自信たっぷりに笑った。その一億を五億に増やすつもりだ。君は知らんだろうが、十年前はこの国でもそういうことがよくあったんだ。バブルと呼ばれている時期だ。あの頃は土地や株を転がすだけで信じられない儲《もう》けが出た。ＩＴのおかげで、あの頃と同じように信じられない儲けを手にできる時代がやってきたんだよ。

株には興味はなかった。株はギャンブルの一種だと思っていた。ギャンブルに自分の人生を賭《か》けるぐらいなら、地道に働いていた方がましだった。

それでも金を預けてみる気になったのは、王正輝の真面目な働きぶりを間近で見ていたからだった。阿福公司は小さな会社だったが、確実に利益をあげていた。王正輝が儲かるというのなら儲かるのだろうと思った。せっかく持ちかけてくれた話を無下に断って王正輝に嫌な感じを持たれるのも嫌だった。王正輝は、阿扁が日本で探しえる最高の雇い主だった。

それに、下心もあったのだろう。一億が五億に化けるという話は信じられなくても、もしかすると倍ぐらいにはなるかもしれない――いやしくもそう考えた自分を阿扁は否定できなかった。五年で貯めた金が一気に倍になるのなら、この嫌味ったらしい国にとっととおさらばできるじゃないか、と。

五年で貯めた金――大久保の地下銀行から引きだした金は八百万あった。両親はすでに死んでいた。送金する相手もいなかった。漠然と一千万を貯めたら上海か北京に行ってなにか商売をしようと思っていた。福建に帰るつもりはなかった。

お願いします――阿扁は頭をさげて金を王正輝に渡した。

絶対に儲かるから、安心しなさい――王正輝は鷹揚《おうよう》にうなずいた。

最初の一月の間は、王正輝は何度も株の動きを阿扁に報告した。

じりじりとだけど、確実に値上がりしているよ、この分でいけば、年末には、確実に五倍に値上がりするはずさ。

王正輝は幸せそうだった。その気分は阿扁にも伝染した。

次の一月は事情が変わった。王正輝が会社に出てこなくなった。秘書に訊《たず》ねると、王正輝は上海に出張しているという話だった。その月は出張が多い、社長が会社に出てくる日はそんなにないだろう――秘書はそういった。

まんじりともしない夜が続いた。阿扁は王正輝が買った株の銘柄すら知らされていなかった。王正輝がたまに会社に顔を出しても、話をすることはできなかった。社内電話をかけても、今は忙しいから待ってくれという返事しかもらえなかった。

騙されたのではないか――そう思いはじめたのは十一月も半ばを過ぎてからだった。会社の様子がなんとなくおかしかった。社長の王正輝だけではなく、経理担当重役も、滅多に会社に顔を見せなくなった。資金繰りが苦しくなってるんじゃないか——社員たちの間でそういう噂が広がりつつあった。

会社からアパートに戻ると、例の旅行鞄《かばん》の中から拳銃《けんじゅう》を取りだすのが日課になった。もし、王正輝が自分を騙したのなら——拳銃は蛍光燈の明かりを受けて鈍く光るだけだった。

十一月の最後の週の金曜日——久しぶりに王正輝が会社に顔を出した。阿扁は秘書がとめるのを振りきって社長室に押しかけた。

株はどうなってるんですか？——阿扁は詰問した。

だいじょうぶ、確実に値上がりしているよ——王正輝は涼しい顔で答えた。なにをそんなに怒っているのかね？

株の銘柄はなんですか？——阿扁は重ねて訊《き》いた。王正輝はパワーテックという会社の株だといった。ＩＴ関連の有望企業だと説明した。

会社の資金繰りが苦しいんですか——阿扁は拍子抜けしながら訊いた。

だれがそんなことをいってるんだ？——王正輝は相変わらず涼しい顔のままだった。

社員が噂しています。社長も経理担当重役も会社に顔を出さないので——阿扁は自分の声が小さくなっていくのを覚えた。

うちみたいに小さな会社は年末が近くなると銀行や取引先に頻繁に顔を出さなければならないのだ——王正輝はいった。毎年のことじゃないか。どうして今年に限ってそんな噂が持ち上がるんだろう？

阿扁は丁寧に頭を下げて社長室を辞した。仕事のノルマを果たし、アパートに戻った。

その夜は拳銃を握ることもなかった。

　翌朝、朝刊の経済欄に目を通した。日本語は難しいが、カタカナやひらがなならある程度読めるようになっていた。隅から隅まで新聞に目を通しても、パワーテックという会社の名前を見つけることはできなかった。最寄りの駅に行って経済新聞を買ってきた。その新聞にもパワーテックの名前はなかった。

再び、拳銃を握った。月曜の朝が来るまで握り続けた。食事も摂《と》らず、眠ることさえかなわなかった。

月曜になって会社に向かった。いつも持ち歩いている手さげ鞄の中に拳銃を忍ばせていた。

　会社につくと、人相の悪い連中が会社の入っているビルの入口を取り囲んでいた。中のひとりが阿扁を見つけ、叫んだ。

「てめえ、阿福公司の社員か？」

阿扁は人だかりに飲みこまれた。社長はどこだ？　金を払え——人相の悪い連中は口々に叫んでいた。

阿福公司は倒産していた。負債総額は二十三億。阿福公司は三年前から業績が極端に悪化していた。だれもがそのことを知っていた。知らなかったのは阿福公司の社員たちだけだった。王正輝は会社の金を持ったまま行方不明になっていた。

計画倒産——会社を立て直すことを諦《あきら》めた王正輝と経理担当重役が、かき集められるだけの金を集め、会社を倒産させた。王正輝から株の話を持ちかけられていた社員は阿扁だけではなかった。

阿扁は二日間アパートに籠《こも》った。悔恨と憤怒が入れ替わり立ち替わり阿扁に襲いかかってきた。

拳銃を握りしめ、天に逝《い》った中信に訊《たず》ねつづけた。

どうしておれにこれを遺《のこ》したんだ、阿信？——答えが返ってくることはなかった。

三日目の夜、阿扁はアパートを出た。社長秘書だった男を訪ねた。秘書はとぼけた。阿扁が拳銃を突きつけると、王正輝の居場所を白状した。

王正輝は横浜の中華街近くのマンションにひそんでいた。部屋の中に籠ったきりで、外出をする素振りはなかった。

王正輝が隠れているマンションの近くで、阿扁は見張りを続けた。おれは死神だ——口の中で呟《つぶや》きつづけた。

四日目の夕方、マンションから見覚えのある女が出てきた。王正輝の妻だった。女は近所のスーパーで買い物をし、マンションに戻った。阿扁はマンションの入口で女の背中に銃を押しつけた。怯《おび》える女と共に王正輝の部屋に押しかけた。

王正輝は憔悴《しょうすい》していた。乱れた髪の毛と、目の下には隈《くま》が目立つパジャマ姿でソファにだらしなく座っていた。その横には不満そうな顔をした王正輝の娘がいた。

金を返せ——阿扁は叫んだ。おれの八百万を返せ。

金はない——王正輝は力のない声で答えた。

ふざけるな、あんたは会社の金を持ち逃げしたじゃないか——阿扁はさらに叫んだ。拳銃を振り回した。王正輝の妻と娘が悲鳴をあげた。

金は佐藤に取られた——王正輝はいった。佐藤というのは経理担当重役の名前だった。わたしもあいつに騙《だま》されたんだ。中国人が日本人に金を騙し取られたんだ、笑いたければ笑ってもいいぞ、阿扁。

王正輝はだらしなく笑った。その笑顔は喩《たと》えようもなく醜かった。

おれの金を返せ――阿扁はもう一度いった。

だから、金はないんだ、阿扁。すまない――王正輝がいった。阿扁は銃口を王正輝の妻に向けた。引き金を引いた。轟音《ごうおん》がして、血があたりに飛び散った。娘の悲鳴が部屋の空気を揺さぶった。

おれの金を返せ――阿扁はいった。

娘だけは助けてくれ、頼む――王正輝が叫んだ。

阿扁は娘を撃った。悲鳴が消えた。

おれの金を返せ――阿扁は繰り返した。

なんてことだ……なんてことだ――王正輝は血走った目を倒れて動かない娘に向けていた。

阿扁は王正輝を撃った。マンションを飛び出し、闇雲に走った。

気がつくと、自分のアパートにいた。拳銃を足元に投げだし、布団をかぶって震えた。警察がやって来るのをおそれ、待った。

警察は来なかった。代わりに電話がかかってきた。

尖偉が故郷に帰ることになった、送別会をやるんだけど、来ないか――小豪はそういった。

行くよ——阿扁はそう答えていた。

# 11

「殺したって、おまえ……どうやって？」

阿扁は腰の拳銃を抜いた。徐僑が凍りついたように動かなくなった。

「これでさ」

「中信からもらったんだ。どうして、中信はこんなものをおれにくれたのかな？　だって、おれは堅気なんだぜ。こんなものをもらってもしょうがないじゃないか」

阿扁は徐僑にはかまわず喋《しゃべ》りつづけた。徐僑以外の連中も喋るのをやめ、阿扁の銃を凝視していた。

「阿扁、なんだそれは？」

小豪が叫んだ。

「中信の形見だよ。なんだって、中信はこんなものをおれにくれたのかって話をしてるんだ」

「阿扁——」

「ずっと考えてて、わかったような気がするんだ。おれは死神だ。おれと会った仲間はみんな死ぬんだ。だからさ、中信はこれでおれに死ねっていうつもりだったんじゃないかってね。おれが生きてると、日本に一緒に来た仲間みんなが死んでしまうから、そうならないようにおれが死ねって」

「馬鹿なこというなよ、阿扁」

燦森がなだめるような口調でいった。

「おれは馬鹿なんだよ、燦森。だから、ろくでもないことで金を騙し取られて、人を殺す羽目になったんだ」

「なんの話してるんだよ、阿扁？」

燦森は首を振った。

「なんでもないよ、燦森」

阿扁はビールに口をつけた。

「とにかく、落ち着けよ、阿扁。落ち着いて、拳銃《けんじゅう》を隠すんだ。そんなもの、だれかに見られたらどうする」

尖偉がテーブルの上に身を乗り出した。

「見られたってどうってことはないよ」

「おまえ──」

尖偉が口を開きかけた時、ドアが開いた。みんなの視線がドアに集中した。阿扁は銃口を自分のこめかみに押し当てた。

「なにやってんだ、お前ら？」

思凱が後ろ手でドアを閉め、呑気《のんき》そうに笑った。その笑顔はすぐに凍りついた。

「阿扁、おまえ──」

「最後にみんなに会えてよかったよ。いつもだれかが死ぬんじゃないかと思ってびくびくしてたんだ。だけど、今日死ぬのはおれだ。もう、みんなだいじょうぶさ」

「なにわけのわからねえことといってるんだよ！」

小豪が叫んだ。

「わけはわかってるんだ。おれにはわかってるんだ。世の中はこういうふうにできてるのさ。迷惑をかけるけど、許してくれ」

阿扁は微笑んだ。仲間の顔ひとつひとつに視線を這《は》わせた。福建出身だが、福建では一度も見かけたことのなかった連中。一緒に命をかけて日本にやって来た連中。

そういうことだろう、阿信？──阿扁は口に出さずに呟いた。燦森と思凱は故郷には戻らないといいやがった、こんな国にいてもいいことなんかなにもないのにな。だから、おれにこの拳銃を遺したんだろう？　ここでおれが死ねば、警察がやって来て、みんなつかまる。福建に追い返される。みんな迷惑がるかもしれないけど、日本に残るよりよっぽどましだ。違うか？　昔はあんなに仲間の面倒見がよかったおまえだから、それぐらいのこと、考えてたんだろう？

中信の返事はなかった。中信は死んでしまった。死んだ人間はただ消えるだけだ。カラオケのモニタでは成龍が最後の戦いに挑もうとしていた。

「阿扁！」

尖偉が叫んだ。

「じゃあな、みんな。一足先に故郷で待ってるよ」

阿扁は静かな声でいった。引き金を引いた。

# 解説

杉江松恋（文芸評論家）

故エド・マクベインの〈87分署シリーズ〉風に始めさせていただこう。
この作品集に現れる都会——新宿は名のみを借りた架空のものである。
登場人物も場所もすべて虚構であると考えて差し支えない。
ただし小説に描かれるひとびとの心性だけは現実の似姿として描かれている。

『古惑仔』の親版単行本は二〇〇〇年七月に徳間書店から刊行された。馳星周の六冊目の単著であり、前年に発表した『M』（文藝春秋→現・文春文庫）に続く、第二短篇集である。その後、〇三年二月にトクマ・ノベルズとして新書化され、〇五年二月には徳間文庫に収められた。今回は二度目の文庫化ということになります。
親版の帯には「新宿無国籍タウンストーリーズ!!」なるキャッチコピーが躍っている。その惹句《じゃっく》のとおり、本書に収録された六つの短篇のうち五篇が新宿を舞台にした作品だ。東洋一の歓楽タウン、人種のるつぼというべき無国籍街、黒勢力が群雄割拠する無法地帯。

〇〇年当時の新宿は、そのような禍々《まがまが》しい修飾句がぴったりくるような「辺界の悪所」であった。デビュー作『不夜城』(一九九六年。角川書店→現・角川文庫)が、作家・馳星周の二つ名として通用するようになったのも、新宿という街自体に妖《あや》しさがあったからでしょう。かかわれば必ず身を持ち崩す。「運命の女」ならぬ「運命の地」として、しばらくの間新宿は悪名を轟《とどろ》かせていた。

もっとも現在の新宿にそれだけの奥深い魅力はない。度々の風営法・都条例改正によって牙《きば》を抜かれ、官民一体となった浄化作戦が進行した結果、新宿という町の実態を見えにくくしていた靄《もや》のようなものは取り払われ、健康なレジャータウンとして生まれ変わりつつあるからだ(風俗店や黒勢力の人々は、地下化したり、他地区へと移転したりしただけで根絶されてはいないが)。九六年の『不夜城』は、小説自体の価値とは別のところで発生した、悪所の臭気をまとわされていた。誤解を恐れずにいえば、一部の読者は「悪書」を読む関心で馳のデビュー作を読んだわけです。前述のキャッチコピーは、そうした状況を配慮してつけられたものである。だが言うまでもなく、馳は現実の都市のルポルタージュを意図して『古惑仔』を書いたのではない。「新宿」という名を借り、作家としての創作衝動を満たしたかっただけなのだ。では、その衝動の正体とは何か。

『古惑仔』に収録された作品は、九七年から〇〇年にかけて小説雑誌、アンソロジーに発表されたものだ。当時の状況を、少し丁寧に追ってみましょう。

九七年の第二長篇『鎮魂歌《レクイエム》 不夜城II』（角川書店→現・角川文庫）は、『不夜城』の主人公・劉健一が変貌《へんぼう》を遂げた上で再登場する続篇である。『不夜城』映画化作品（李志毅監督。金城武主演）が公開された九八年には、馳は台湾野球界を舞台とした第三長篇『夜光虫』（角川書店→現・角川文庫）、日系ブラジル人の主人公の視点で現代日本を描写する第四長篇『漂流街』（徳間書店→現・徳間文庫）の二作を発表した。また、同年から「小説すばる」誌で『ダーク・ムーン』の連載を開始しているが、完結したのは〇一年だった。

九九年には「小説推理」誌で『雪月夜』の連載を始めたほか、第一短篇集『M』（文藝春秋→現・文春文庫）を刊行している。これは九七年に発表された表題作に九九年発表の三篇を加えて構成された作品集である。それまでの長篇作品で馳は、人間がリビドーを抑えきれずに暴走するさまを描いてきた。『M』には、その暗い欲望のうちエロスの側面に焦点を絞った作品が収められているのである。血と暴力の作家と周囲に見なされてきた馳が、「こういうものが書ける」と、自ら手の内を開陳してみせた一冊なのでしょうね。

続く〇〇年には第五長篇『虚の王』（光文社カッパ・ノベルス→光文社文庫を経て現・角川文庫）が刊行された。不良少年たちの世界を描いたこの作品は、心の内に癒《い》やしがたい空虚を抱えた主人公が年下の少年のカリスマに魅惑され、破滅的に惹《ひ》かれていくというオブセッションの物語だ。このころから馳は、自我の檻《おり》の虜囚となったひとびとを意識して描くようになっていく。おのれの自我そのものに囚《とら》われている人間は、どこにも行き場がない。脱出しようとしてもがけばもがくほど、暴力は自分自身を傷つけ、肥大した欲望によって心が食い荒らされていくのである。

同年の七月に『古惑仔』が刊行されるのだが、少し時間を早送りしてその先を見てみよう。十月に第六長篇『雪月夜』（双葉社↓双葉文庫を経て現・角川文庫）、翌〇一年十一月に第七長篇『ダーク・ムーン』（集英社↓現・集英社文庫）と、過去の連載作品を単行本化している。共通するのは、前者が対ロシア貿易の特需によって無国籍化した北海道・根室、後者が租借地・香港の消滅によって中国系住民が急増しつつあったカナダ・ヴァンクーヴァーという特色ある都市を舞台としていることである。『雪月夜』単行本版あとがきに「本書は、わたしのとち狂った脳が紡ぎだした物語にすぎない」と書かれているように、作者の狙いは都市の忠実なスケッチを描くことではなかった。「ここではないどこか」に幻想の都市を作り上げて登場人物たちを解放しなければならない、という創作上の差し迫った欲求があったのである。思うに、この時期の馳は、物語をするにふさわしい場所を探しあぐねていたのでしょう。現代の日本を舞台にすれば、意図せぬ付着物にまとわりつかれ、ストーリーの動きを止められる。あるいは、日本の街路を歩いているひとびとを見回しても、物語のテーマを背負わせるにふさわしい顔つきの者が見当たらない。そうした苛立《いらだ》ちが、後に「バブル経済によって崩壊させられた日本を描く」という創作テーマへとつながっていく（後述）。

ちなみに『雪月夜』は、作家デビュー以前から馳がこだわり続けていたアメリカの犯罪小説作家ジェイムズ・エルロイへの関心を一段落させた作品でもあります。エルロイは弱点を抱えた人間が強いオブセッションの虜《とりこ》となっていくさまを描く作家であり、自らのテーマを明確に表現するためにオリジナルの文体を創出し、練磨していった。代表作『ホワイト・ジャズ』（文春文庫）の翻訳者・佐々田雅子は、エルロイの試みを忠実に日本語化してみせた。馳はそこから着想を得て『雪月夜』の文体を完成させたのです。基本にあるのは、小説の文章は現実を写し取るためにあるのではない、という考え方だ。逆に、人間の内面を投影するためにあらゆるものを利用し、時として風景さえも歪《ゆが》ませる。こうした形で個を表現し尽くすというのが、馳の狙いだったはずだ。自我の歪み、自壊へと向かう暴力、オブセッションによって支配される人生といった、それまでの馳小説のテーマが、文体の精製という技法によって一旦《いったん》昇華された。

さて、『古惑仔』である。ここに収録されているのは、馳が飛翔《ひしょう》準備を行っているさなかに執筆した作品群だ。『不夜城』の馳星周、血と暴力の作家の馳星周から、別のなにかへ。刊行当時は作品との距離が近すぎて読み取りにくかったことも、今なら正しく判断できる。

一篇を除いてすべてが『不夜城』の新宿を舞台にしていることはすでに述べた。その例外こそが、表題作「古惑仔」（初出：「問題小説」九七年八月号）なのだ。主人公・家健は香港黒社会組織の最下部に属する若者で、日本からやってきた娘のお守り役を言い付かる。舞台は組織が日本のやくざと同盟関係を結ぶことになった。そのやくざの娘なのですね。舞台は英国から中国へと返還される直前の香港、だが家健は生粋の香港人というわけではなく、実はオーストラリアの中国人コミュニティ出身だ。なぜ香港にやってきたのか、という里美の問いに対して家健は答える。香港の黒社会にしかコネがなかったのだと。

題名の由来は九七年に公開された香港映画『古惑仔』だ（日本公開時の題名は『欲望の街・古惑仔I／銅鑼湾の疾風』）。アンドリュー・ラウ（劉偉強）監督、イーキン・チェン（鄭伊健）、チャン・シウチョン（陳小春）主演のこの映画は、黒社会の顔役に牙を剝《む》くチンピラたちをダーク・ヒーローとして描き、後に三本の続篇が制作されるほどの好評を博した。家健の偶像は陳小春だ。『古惑仔』出演時の陳小春の服装を意識、だが左手首のロレックスまではコピーしきれず、ばちものを着けている。そんな男が、日本からやってきた小娘と「香港の休日」を過ごす。状況だけを見れば微笑ましい青春物語のようだが、二人の出自が暗い影を投げかけており、物語は凶悪な幕切れを迎える。

「古惑仔」の裏返しなのが「長い夜」（初出：「問題小説」九九年九月号）である。主人公の涼子は、新宿・大久保の違法滞在外国人と交流を持つ女性だ。日本人の社会に違和感を持つ彼女は、その上辺だけのとりつくろいが綻《ほころ》びる場所を無意識のうちに探し当てて外国人たちのコミュニティにたどりついたのである。大久保には、異文化間の激しい対立があり、日本人が暗黙の了解として目指す均質な世界が破られる瞬間があった。覗《のぞ》き見をしている分にはスリリングで楽しい「ドラマ」でしょう。しかし、いつまでもお客さまの立場でい続けられるはずもなく、涼子は醜悪な真実を見せつけられる。

馳星周が日本に滞在し続ける外国人を題材として小説を書いたことの背景には、バブルとよばれた日本経済の膨張により、慢性的な労働力の不足が生じたという社会の事情がある。日本への外国人労働者の流入は、国内の人間からすれば単純労働のアウトソーシング、国外から見ればジャパン・マネーを摑《つか》むビジネス・チャンス、といった具合に需給が一致した相互に益のある現象だった。しかし、物事に良い面ばかりがあるはずがない。今そこにある汚いものから完全に目を背け、繁栄のみを追い求めた結果、気がついたときには取り返しがつかないほどの腐敗が進行してしまっていたのである。家健がオーストラリアから香港を目指したように、日本へとやってきたひとびとがいた。涼子は、その実態を目撃するのだ。彼女は「日本人より、彼らといるほうが、楽しいから」という理由で外国人とつるむ、幸せなドリーマーである。友人のミーナを救うために奔走する涼子は、たしかに善人ではあるが自己の滑稽《こっけい》さに気付いていない。ひどく哀れな存在だと言えます。

こうした物語が『古惑仔』では扱われる。おのれのあやふやな地盤から目を背けたため、泥沼のような事態に足をすくわれるひとたち。たとえば「聖誕節的童話」(初出:「問題小説」九九年十二月号)は、日本に密入国で出稼ぎにきた青年が恋人を呼び寄せ、一緒に暮らし始めたあとで起きた悲劇を描く作品である。初めて一緒に過ごす日本のクリスマス——聖誕節で、二人が交し合った贈り物の輝きは、やがて見る影もなく、くすんでいく。まるで裏返しになったO・ヘンリー「賢者の贈り物」ではないですか。恋人たちの願いは、決して大それたものではなかった。異邦の地で、幸せな家庭を築きたかっただけなのである。そうした夢を抱くことのどこがいけなかったというのか。

「鼬」（初出：「問題小説」九七年一月号）と「笑窪」（初出：日本冒険作家クラブ編『孤狼の絆』角川春樹事務所。九九年）は、いずれも自らの内にある空虚を埋めようとして売春婦への愛情にのめりこんでいく男の話である。「鼬」の主人公・武には、幼いころに家族から愛してもらえなかったという心の傷があったため、自分が家庭を持つということに妄執を抱いていたのだ。また、「笑窪」で歌舞伎町の店で働く板前として登場する良は、酒と博奕《ばくち》のために身を破滅しかけている男である。彼の中にあるのは良よりもさらに歪んだ妄執だ。すでに破滅の入り口に足をかけていることを自覚しているにもかかわらず、「わかっていてやめられない。やめられたなら、違う人間になっている」と、崩壊の感覚そのものが自己同一性の証《あかし》であるような自我のありようになっているのだ。こうした男たちが、金のために身を売る女たちの、偽りの笑みにすがりつくのである。

すべてが破滅に向かっていく。しかも、何者かによって破滅させられるわけですらない。あらかじめ破滅することが定められていた者たちの物語なのだ。そうした運命が端的に示されるのが掉尾《ちょうび》の「死神」（初出：「問題小説」〇〇年五月号）である。福建から一緒の船で密入国してきた十五人が次々に命を落としていく。特に罪を負ったわけでもないのに、なぜ彼らは死ななければならないのか。答えは示されず、やりきれない生のあり方のみがつきつけられて物語は終わる。

本書で作者は、声高に何かを訴えようとしているわけではない。しかし全篇を通して読めば、必ず伝わってくるものがあるはずです。ひとびとが繁栄を追い求めていった結果に生じた淀《よど》みの、どうしようもない暗さが本書には書き尽くされている。

『古惑仔』以降、〇九年までに馳星周が発表した短篇集は〇三年の『クラッシュ』(徳間書店→現・徳間文庫)と〇七年の『約束の地で』(集英社)、〇八年の『やつらを高く吊せ』(講談社)の三冊である。意外と少ない気がしますね。馳が本腰を入れて長篇小説の雑誌連載を始めたためで、怒濤《どとう》の如き勢いで作品を量産しつつある。

創作熱の核には、この国はなぜここまで壊れてしまったのか、という問いがあるはずだ。八〇年代のバブル経済期を題材として繰り返し扱っているのは、そこにひとびとの心性を狂わせた契機があったと感じているからだろう。〇三年の『生誕祭』(文藝春秋→現・文春文庫)、〇六年の『トーキョー・バビロン』(双葉社→現・双葉文庫)はいずれもそうした長篇だ(連作短篇集の『やつらを高く吊せ』も同系列に属する)。

〇六年にはもう一作の長篇『ブルー・ローズ』(中央公論新社)が刊行されているが、これは手垢《てあか》のついたフォーマットを解体し、現代に通用する小説として再生した、まったく新しい私立探偵小説である。歪んだ自我を持つ者が魂の叫びに衝《つ》き動かされて猛然と行動するさまが描かれているのだが、バブル経済によって守るべきモラルが崩壊し果てた後の時代が作中時間に設定されている。「バブル後」は近年の馳作品の重要なキーワードだ。〇八年の『9・11倶楽部』(文藝春秋)、〇九年の『煉獄の使徒』(新潮社)は、いずれも九五年に起きた重大事件が根幹に絡んだ物語だ。『煉獄の使徒』の冒頭に、「救いが欲しい――できるだけ早く、できるだけお手軽に」という印象的な一文が出てくる。繁栄を求め、おのれの欲望のみに忠実に生きるという生き方が腐敗を呼ぶということをバブルの崩壊によって学んだはずのひとびとが、実は何一つ賢くなってはいなかったということでしょう。過去の繁栄の記憶にすがりつくひとびとは、「金銭」や「栄誉」といったわかりやすい欲望の代わりに「救済」「幸せ」といった綺麗《きれい》事を求めるようになった。さらにねじれ、さらに淀みを増しながら、腐敗は進行しつつある。そうした社会のありさまを、馳は作品によって描き出そうとしているのだ。

どれでもいい、馳が近年に発表した長篇を読んでから『古惑仔』を手にした読者は、同じ要素が本書の中にも見出《みいだ》せることに気付くはずだ。逆に『古惑仔』を足がかりにすれば、重厚な作品群も容易に読み進めていくことができる（もちろん、『不夜城』などの過去へと遡《さかのぼ》る読み方も可能です）。一つの都市を舞台にした連作犯罪小説集、という易しい切り口を示して作者の豊饒《ほうじょう》な作品世界へと読者を誘《いざな》う、格好の馳小説入門書なのである。

本書は、二〇〇五年二月に徳間文庫として刊行されました。

# 古惑仔《チンピラ》

馳《はせ》 星周《せいしゅう》

平成21年 7月25日 初版発行
令和7年 9月30日 10版発行

発行者●山下直久

発行●株式会社KADOKAWA
〒102-8177 東京都千代田区富士見2-13-3
電話 0570-002-301(ナビダイヤル)

角川文庫 15799

印刷所●株式会社KADOKAWA
製本所●株式会社KADOKAWA

表紙画●和田三造




●お問い合わせ
https://www.kadokawa.co.jp/（「お問い合わせ」へお進みください）
※内容によっては、お答えできない場合があります。
※サポートは日本国内のみとさせていただきます。
※Japanese text only



ISBN978-4-04-344208-9 C0193